KB115271

불영야차

천풍사 新무협 판타지 소설

FANTASTIC ORIENTAL HEROES

불영야차 3

천품사 新무협 판타지 소설

초판 1쇄 찍은 날 § 2018년 9월 19일
초판 1쇄 펴낸 날 § 2018년 9월 26일

지은이 § 천품사
펴낸이 § 서경석

총괄팀장 § 최하나
편집책임 § 이선근

펴낸곳 § 도서출판 청어람
등록번호 § 제387-1999-000006호
등록일자 § 1999. 5. 31
어람번호 § 제2-2754호

주소 § 경기도 부천시 부일로 483번길 40 서경B/D 3F (우) 14640
전화 § 032-656-4452 팩스 § 032-656-4453
http://www.chungeoram.com
E-mail § chungeorambook@daum.net

ⓒ 천품사, 2018

ISBN 979-11-04-91833-9 04810
ISBN 979-11-04-91812-4 (세트)

神佛

불영야차

천품사 新무협 판타지 소설

③

FANTASTIC ORIENTAL HEROES

청어람

佛影遺史

불영야차

제십일장(第十一章)

패주(敗走)

　지금까지 법륜은 소림의 무(武)를 바탕으로, 부친 천주신마의 무공인 혈왕마공을 섞어 만든 무공을 사용해 왔다. 법륜구절이라 이름 붙인 그 무공은 지금까지 법륜의 의지를 관철하는 데 한 점 부족함이 없었다.

　허나 지금, 법륜은 생사대적을 상대로 처음 무공의 열세를 느끼고 있었다.

　절금장이라 밝힌 마신의 무공은 그 이름에 걸맞은 위력을 보여주고 있었다.

　'이건 달라.'

달라도 너무 달랐다. 법륜이 스스로 무공을 창안해 나가는 과정에서 느낀 절망감은 다른 것이 아니었다.

심생종기(心生從氣)에 근본을 둔 형(形)을 지우지 않은 무공은 뻗어나갈 길이 한정되어 있었다.

그 결과로 탄생한 무공은 완전하게 새로운 무공이라 할 수 없었다. 그저 투로를 재정립한 것에 불과했다.

법륜구절을 창안한 뒤 재정립한 투로를 연련한 법륜이다. 투로가 완벽하게 정련된 법륜의 무공은 분명 강력한 것이었으나, 마신의 무공은 차원을 달리 했다.

파아앙!

법륜과는 달리 투로를 연련하고 그 형태를 지우길 몇 번, 마신의 무공은 이미 무형(無形)의 초식을 이루어가고 있었다. 일수일격이 절금(絶金)의 보도(寶刀)와 같다.

가볍게 내지르는 일장에 법륜의 목숨을 단번에 끊을 가공할 공력이 담겨 있다.

제대로 된 일장 한 번을 막아내기가 힘들었다. 막대한 진기의 방패로 막아서는데도 보검이 방패와 갑주를 가르듯 요혈을 파고든다.

백련환단공이라는 무공. 그 연원을 알 수 없는데도 보통이 아니다.

"제대로 하는 것이 좋을 것이다. 나를 우습게 보는 것이 아니라면."

정고의 무감정한 말투에 법륜의 눈썹이 꿈틀거렸다. 혼신의 힘을 다해 장력을 해소시키던 법륜의 자존심을 긁는 말이었다.

법륜은 단 한 순간도 정고를 우습게 생각한 적이 없었다.

그를 우습게 생각했다면 이렇게 복수를 행하기 위해 몇 년을 고련하지도 않았을 것이다. 이렇게 먼 길을 돌아 수천 리 떨어진 청해 땅까지 발을 들이지도 않았을 것이다.

정고가 그렇게 생각했다는 건 법륜의 무공이 너무 낮기 때문인지.

법륜의 좁혀진 미간이 펴질 줄 몰랐다.

'이대로는 안 돼.'

진기는 충만하다. 다만 진기를 수발하는 깨달음이 부족했다.

막강한 진기의 방패를 둘렀음에도 그 방벽을 진흙처럼 파고드는 데는 그만한 이유가 있었다.

도가(道家)나 불가(佛家)의 무공과 같다. 깨달음을 기반으로 오랜 시간 연공해야 작은 성취를 거머쥘 수 있는 정도의 무공처럼, 정고의 무공도 역천의 마공이 아닌 순리를 중시하는 정도 명문의 무학과 같다.

정고의 백련환단공은 마도십천이라 불리는 마인의 무공이

라 칭하기엔 너무 정순했다.

정순한 무공, 이십여 년간 행해온 각고의 단련. 그 무공이 약하다면 오히려 이상한 일이리라.

한 가지 무공에 집중하는 것, 그것은 말처럼 쉬운 일이 아니다.

게다가 그 무공이 신공이라 칭하기에 부족함이 없고, 무공을 연련한 기간 또한 십 년을 넘어 이십 년을 바라본다면 충분히 지금과 같은 위력을 보여줄 수 있으리라.

법륜은 정고의 절금장을 피해 뒤로 홀쩍 물러섰다.

"과연, 청해성의 마신이라 칭해질 정도의 무공. 무허 사조께서 고전을 면치 못했다는 말 충분히 이해했소. 어째서 그분이 민초를 위해 스스로를 희생했는지도."

법륜의 맑은 눈동자가 정고를 직시했다. 정고는 여전히 강맹한 기파를 흘리며 손에 진기를 집중시키고 있었다.

"평정을 깨기 위해서라면 그른 선택이다. 그분의 이야기를 꺼낸 것, 추억이라도 곱씹자는 겐가."

"그런 것이 아니외다. 단지 확인하고 싶었을 뿐. 내가 아는 사조는 무신이오. 결코 누군가에게 죽임을 당할 분이 아니지. 당신의 무공도 마찬가지요. 당신이 익힌 것이 정녕 마공이었다면 단숨에 죽었어. 사조도 그걸 알았기에 두고 본 거요. 확인은 충분히 했소이다. 이제부터 전력을 다할 테니 어디 막아보시오."

정고는 법륜의 말에 헛웃음을 흘렸다. 지금까지는 전력이 아니었단 말인가. 이 손으로 진기의 방벽을 몇 번이고 허물었다. 그것만 보아도 무허 대사의 제자라 하기에는 너무도 부족했다.

허나 보라. 근거 없는 도발이라 보기에 법륜의 표정이 확고한 자신감에 차 있다.

"해볼 만하다 여기는가. 이 정고가 우습게 보였단 말이지. 이 마신을 앞에 두고 여유를 부리다니. 전력으로 와라. 단숨에 숨통을 끊어주마."

정고의 손에서 강기가 사라졌다. 방금 전까지 엄청난 패력을 자랑하던 기운이 일순간에 무(無)로 되돌아간 듯 고요했다. 그러자 신체를 짓누르던 압박감이 단번에 사라졌다.

법륜은 정고의 변화를 간과하지 않았다. 저만한 내력 수발이라면 찰나의 순간에 다시 강기를 끌어내는 것도 가능하리라. 저 정도의 무인에게 방심은 사치다. 법륜은 다시금 몸에 방벽을 둘렀다.

그 모습이 구양선과의 일전에서 보여주었던 불광벽파와 닮아 있었다.

"가오."

법륜이 달려들었다. 진기의 방벽이 몸을 부풀린다. 법륜의 몸에서 시작된 방벽이 성인 남자 다섯 명을 품을 정도로 거대해졌다.

"오라!"

정고는 전포 자락을 뒤로 젖히며 두 손을 내밀었다. 절금장이 폭발했다. 징고의 두 손이 두부 가르듯 법륜의 방벽을 찌르고 들어왔다.

법륜은 당황하지 않았다. 충분히 예상했던 전개이지 않은가.

법륜은 정고의 손이 몸에 닿기 전에 왼손을 들어 올렸다. 수도처럼 곧게 세워진 손이다.

십지관천의 이초, 마관포가 다시 불을 뿜었다. 불광벽파를 거슬러 오르는 마관포다.

진기의 바다에서 유영하는 포탄이다. 거침없이 거슬러 올라간 마관포가 정고의 절금옥수를 단번에 헤집을 것처럼 보였다.

"잔재주를!"

정고는 손에 법륜의 마관포가 닿자 재빨리 손을 털었다. 강기가 유동하며 두 손을 해일처럼 몰아친다. 패도지력이라면 정고 또한 자신 있는 바.

두 손에 응집된 강기는 마관포의 경력을 부수고 불광벽파마저 가르고 지나갔다. 거기서 그치지 않는다. 한껏 낮춰진 몸이 전진한다. 일보에 법륜의 바로 앞에 도달한다. 이보에 내뻗는 좌장이다.

법륜은 순식간에 다가선 정고의 좌장을 팔을 교차하며 막아냈다.

진기의 방벽을 가득 둘렀음에도 뼈가 시릴 정도의 고통이 전해졌다. 허나 그 고통을 통감하기엔 너무 이르다.

법륜은 팔을 교차한 상태에서 뒤로 물러서며 양발을 번갈아 차올렸다. 무형사멸각 일초 보검난파가 정고의 좌장을 노리고 날아갔다.

정고는 좌장에 날카로운 기운이 한가득 느껴지자 경시할 수 없었다. 그대로 좌장을 회수하며 강기가 뻗어오는 반대 방향으로 몸을 회전시킨다. 회전하는 몸에서 오른팔을 곧게 뻗어 장(掌)을 수도(手刀)로 전환한다.

손날이 경기를 품고 접근했다. 단순한 손짓임에도 역시 불광벽파를 가르고 날아온다. 그 짧은 순간에도 손날에 막대한 기운을 실은 것이다.

단순한 동작에도 진기의 수발이 저렇게 자유롭다면 온몸이 신병이기라 해도 과언이 아니다.

뒤로 물러나던 참이니 이번에도 물러선다면 계속해서 수세에 몰릴 것이 분명했다.

법륜은 손날을 그대로 받아냈다. 법륜은 교차했던 팔을 풀어내 몸 오른쪽으로 날아드는 손날과 자신의 왼손을 부딪쳤다.

왼손을 오른쪽으로 뻗자 자연스럽게 몸이 회전했다. 지옥수의 경력이 정고의 손날을 잡아채기 위해 안간힘을 썼다. 공기마저 가르고 날아드는 손날에 법륜의 왼손이 부들부들 떨렸다.

육신과 육신의 부딪힘이 아니다. 진기와 진기의 대결이다. 결과적으로 법륜의 지옥수는 정고의 간단한 손날을 막아내지 못했다. 법륜의 좌수가 정고의 막강한 진기를 뚫지 못한 까닭이다.

손날은 거침없이 다가왔다. 법륜이 열세를 느끼고 급하게 손을 들어 올렸지만 순식간에 왼쪽 팔뚝이 갈라졌다.

'엄청나다. 마신이라 불릴 만해.'

격전의 와중에도 법륜은 정고에게 찬탄을 금치 못했다. 짧은 순간 극한의 움직임을 보여준 정고가 대단하게만 보였다. 허나 이대로 물러설 순 없었다.

법륜은 피가 흘러내리는 왼팔에서 느껴지는 고통을 무시했다. 아니, 그 고통에 신경 쓸 여유가 없었다는 것이 옳다. 상대적으로 여유가 있던 오른손으로 장력을 쏟아냈다.

연달아 삼장을 쳐냈다. 정고는 법륜의 장력을 보곤 진각을 밟았다. 단순한 발 구름 한 번에 땅거죽이 들썩이더니 장력을 흩어냈다.

엄청난 내력을 이용한 격산타우(隔山打牛)다. 발 구름 한 번
에 땅을 진동시켜 흙에 기운을 가득 담아 장력을 가로막은 것
이다.

"미친……."

법륜의 입에서 저도 모르게 욕지기가 튀어나왔다. 저 정도
의 내력을 가지려면 어찌해야 할까.

아니, 내력이라면 이쪽도 충분하다. 내력이 아니다. 내력의
인도가 옳은 말일 게다.

저 정도의 내력을 자유자재로 수발하기 위해선 얼마나 많
은 세월을 수련에 전념해야 할까.

정고가 다시 전진했다. 튀어 오른 흙더미를 뚫고 몸을 부딪
친다. 이번엔 초식이 아닌 단순한 몸통박치기다. 법륜은 멀쩡
한 오른손을 다시 올려 쳤다. 육도지옥수에 전사가 가미된 일
격이다.

채 가라앉지 못한 흙먼지가 전사의 회전력에 휘감겼다. 오
른손에 담긴 공력이 진동했다. 한계 이상의 힘을 담아 옷소매
가 빨래 짠 듯 뒤틀렸다. 오른팔에서 근육이 끊기는 듯한 소
리가 들렸다.

그대로 내치는 일격이다. 정고는 일직선으로 달려가던 몸을
급하게 멈춰 세웠다. 해연히 놀란 얼굴이다. 계속해서 밀리기

만 하던 법륜이 이 정도의 일격을 뻗어낼 것이라 생각지 않았는지.

정고는 법륜의 일격을 단순히 몸으로 막았다간 낭패를 볼 것 같아 두 손에 진기를 가득 담아 가슴으로 가져갔다. 절금장이 법륜의 지옥수를 막아섰다. 거기에서 그치지 않는다.

똑같이 회전하는 손이다. 어깨부터 시작한 회전이 손끝으로 전해졌다. 이내 한 손으로 법륜의 지옥수를 가볍게 밀어내더니 남은 한 손으로 거칠게 장력을 뿜어낸다.

파아아아앙!

법륜의 오른팔이 뒤틀리며 허공을 휘저었다. 순식간에 가슴에 커다란 허점이 생겼다. 정고는 기회를 놓치지 않았다. 가볍게 끊어 친다. 법륜의 가슴에 정고의 손이 닿았다 떨어진다.

푸아아아아아악—

가볍게 내친 일격에 법륜은 입에서 피를 뿜어냈다. 정고의 백련환단공이 법륜의 몸을 뒤흔들었다. 혈맥에 도도하게 흐르던 금강야차진기가 끊어질 듯 위태롭다.

법륜은 흐름이 툭툭 끊기는 진기를 억지로 부여잡았다.

'밀어낸다.'

야차진기가 안간힘을 썼다. 터질 듯 부풀어 오른 혈맥을 다시 부여잡고 나아간다. 혈도에 들어찬 정고의 진기가 법륜의 행공을 방해했다. 고통에 물든 얼굴이 잔뜩 찌푸려졌다. 당장에라도 숨이 멎을 듯 아슬아슬했다.

법륜이 일장에 쓰러지지 않고 버티자 정고는 재차 장력을 떨쳐냈다.

법륜은 움직이지 않는 두 발을 원망했다. 자신의 진기가 조금 더 단단했다면, 더 강했다면 지금과 같은 수모는 겪지 않았을 텐데.

허나 이제서 자신의 부족함을 탓하기엔 상황이 너무 급박했다.

법륜은 다가오는 장력을 보며 그 자리에 주저앉았다. 이렇게라도 피하지 않으면 죽을 판이다.

무인들이 수치스러워하는 나려타곤만큼이나 부끄러운 행태다. 법륜은 주저앉은 상태 그대로 오른팔을 떨쳐냈다. 진기가 제대로 유동하지 않아 미약하기 그지없는 일격이다.

일격이라고 부르기에도 우스운 휘저음이 한차례, 법륜은 그대로 땅을 굴러 뒤로 물러났다.

억지로 붙잡아 휘돌린 진기가 가늘게 이어졌다. 거친 숨소리와 함께 검은 피거품이 쏟아졌다. 새까맣게 죽은피를 한차례 토해내자 숨이 좀 트이는 듯했다.

"헉헉……."

정고는 거친 숨을 몰아쉬는 법륜을 오연하게 내려다보았다.

격전을 치렀다고 보기에 너무도 멀쩡한 신색이다.

"무허 대사의 제자라 하기엔 한참 모자라다. 고작 이 정도로 복수를 운운했는가. 대사가 알면 지하에서 땅을 치고 후회하겠다."

정고가 한걸음 다가서는 순간에도 법륜은 계속해서 야차진기를 휘돌리고 있었다.

이대로 무너질 수는 없었다. 고개 숙인 법륜의 눈에 정고의 발이 보였다.

언제 여기까지 다가왔는지. 정고가 다가서는 것조차 느끼지 못한 법륜이다. 법륜은 그 정도로 여력이 없었다. 가늘게 맥동하는 진기만이 스스로가 숨을 쉬고 있다는 것을 인지하게 해주었다.

'방법이 없는가.'

법륜의 맑은 눈이 혼란으로 물들었다. 정말 방법이 없는가. 이대로 정고의 손에 죽음을 맞이하면 그것은 그것대로 곤란한 일이다.

사부와 제자가 한 사람에게 죽음을 맞이한다? 강호에서 그만한 수치는 없다. 하물며 정도의 기둥이라는 구파의 소림이 아닌가.

혼란으로 가득한 눈을 감자 세상이 어둠으로 물들었다.

'방법이 없는 것은 아니야. 단 하나의 방법이 남아 있다.'

법륜이 생각한 방법, 그것은 지독히 위험한 발상이었다.

진원진기(眞元眞氣).

달리 선천진기(先天眞氣)라 불리는 기운.

인간이 태어날 때부터 지니고 있는 원초적인 힘. 생명의 근원이다.

법륜은 진원진기를 폭발시키기로 결심했다. 마신의 손에 죽으나 진원진기가 다해 죽으나 매한가지다.

"아직……."

단전 깊숙한 곳에 잠들어 있던 생명의 근원이 깨어난다.

"끝나지 않았소."

진원진기가 순식간에 혈맥을 질주하며 마신이 남긴 얼룩을 지워낸다.

몸에 불이 옮겨 붙은 듯, 백색의 광휘가 찬연하게 빛난다. 이제야 움직이는 두 발이다. 두 팔이다.

법륜은 땅을 짚고 일어나 정고를 마주 보았다.

얼마나 갈 것인가.

일각? 아니면 반 시진?

법륜은 생명의 불꽃을 태웠다. 단전에 고여 있던 야차진기가 호응한다. 한데 뒤섞여 패력을 뿜어낸다. 정고는 법륜을 보고 웃었다.

생명을 불태워 적을 말살하는 것. 이 또한 무인의 기개가 아니던가. 허나 정고는 법륜의 절망이 담긴 기계에 놀아날 생각이 없었다.

"진원진기라. 마음이 급한 모양이군. 허나 이대로 놀아줄 생각은 없다. 그 자신감 넘치는 패력, 무(無)로 되돌려 주마."

정고는 전과 같이 막강한 내력을 뿜어냈다. 단숨에 잠재워 줄 생각이다. 마신이라 불리는 위명에 걸 맞는 힘이 두 손에서 폭발했다.

법륜은 진원진기를 불태우며 정고의 손을 막아갔다. 종전과는 또 다르다.

생명을 갉아먹으며 몇 배는 강력한 힘을 내치고 있는 와중에도 정고의 손길은 두려우리만치 강력했다.

허나 방금 전처럼 무력하게 밀려나진 않는다.

육신에 새겨진 상처도 잊었다. 진기의 무력함도 잊었다. 고양된 정신과 깨달음만이 몸속에, 머릿속에 가득했다. 법륜이 정고의 두 손을 마주 잡아갔다. 다시금 선보이는 전사가 가미된 지옥수다.

생명의 힘은 법륜이 나아가야 할 길을 보여줬다. 마신의 손에 머무른 진기에 미약한 틈이 보였다. 거슬러 올라가 단번에 정고의 두 손을 밀어냈다. 정고의 얼굴에 놀라움이란 감정이 스쳐 지나갔다.

회전하며 거칠게 밀어내는 힘에 정고의 쌍장이 물러섰다.

법륜은 물러서는 정고를 향해 거침없이 일보를 내디뎠다. 백색의 광휘가 법륜의 어깨를 둘러쌌다.

천공고다. 마신에게 처음 선보인 일격. 그 일격은 마신의 허를 찌르고 틀어박혔다. 어깨에 머문 진기가 정고의 몸을 타고 파고들었다.

"큭."

처음으로 정고의 입에서 신음성이 새어 나왔다. 순식간에 몸으로 파고드는 진기를 해소하긴 했지만 간담이 서늘한 일격임이 분명했다.

상황이 반전했다.

밀리기만 했던 법륜이 정고를 밀어붙이기 시작했다. 물러나는 정고를 향해 법륜구절이 연달아 터져 나오기 시작했다.

뒤로 물러서는 정고에게 십지관천, 마관포를 먹였다. 마관포가 신궁이 쏘아내는 화살처럼 정고의 미간을 향해 날아갔다.

마신이 수도로 마관포를 좌우로 갈라낸다. 법륜은 멈추지 않았다.

정고가 마관포를 갈라내는 그 순간, 두 팔에서 야차구도살, 쌍수진공파가 폭발했다.

법륜을 둘러싼 공기가 진동하면서 정고를 끌어당겼다. 그러곤 폭발한다. 구양선을 죽음으로 몰고 갈 때보다 더 강력하다. 폭발하는 진기에 땅이 뒤틀리고 먼지가 피어올랐다.

법륜은 먼지에 가려 보이지 않는 정고를 향해 양발을 한 번 씩 차올리고 돌진했다.

정고는 시야를 뒤덮은 먼지를 가르고 두 개의 검날이 다가오는 것을 느꼈다.

아까 보았던 각법이 분명했다. 좌우로 교차되어 날아드는 강기가 선연했다.

정고는 양팔을 교차해 찢어발기듯 허공을 훑었다. 조법의 고수가 펼치는 것처럼 허공이 갈라지며 법륜이 차낸 각법을 흩어낸다.

정고는 정신없이 몰아치는 가운데 초식과 투로를 잊고 본능적인 움직임으로 대처했다.

각법을 걷어내자 먼지를 뚫고 법륜의 신형이 달려드는 것이 보였다. 고법이다. 이대로 몰아쳐 끝을 볼 생각인 것 같았다. 정고는 법륜의 어깨에 자신의 어깨를 맞댔다.

콰아아앙—!

법륜은 정고와 어깨를 부딪친 후 미세하게나마 자신이 밀렸다는 사실에 이를 악물었다. 촌각을 다투는 상황에서 약간의 열세는 승부에 큰 영향을 주지 못한다. 그 열세가 백지장 하나라면 더더욱 그렇다. 목숨을 건 승부란 바늘보다 얇은 틈 하나에도 갈리는 것이니까.

문제는 법륜의 상태였다.

생명의 기운을 끊임없이 소모하는데도 밀린다는 것은 애초에 그만큼 큰 격차가 존재한다는 말과 상통한다. 법륜은 그 격차를 매우기 위해 안간힘을 썼다.

천공고를 펼친 직후 법륜은 양손으로 마관포를 쏘아냈다. 초근접 거리에서 쏘아낸 마관포가 정고의 양어깨를 때렸다. 창졸간에 쏘아낸 지강(指罡)은 큰 타격은 주지 못한 것 같았다.

그럼에도 법륜은 개의치 않았다. 자세를 낮추고 오른발을 축대로 삼아 반 바퀴 회전하며 보검난파를 날렸다. 이번에는 제대로 들어갔다.

정고는 법륜의 좌각이 상반신을 쓸고 지나가자 새어 나오는 신음을 억지로 삼켰다.

기세가 중요했다. 정고는 백지장 정도의 격차는 순식간에 뒤집힐 수 있다는 것을 잘 알았다. 그것을 알기에 물러서지 않고 전진했다.

엄청난 내력을 쏘아내던 법륜의 기세가 점차 사그라지는 것이 온몸으로 느껴졌다.

'조금만 밀어붙이면 된다.'

정고는 확신했다. 법륜의 상태는 정신은 한껏 고양된 상태지만 육신이 그 깨달음을 뒷받침하지 못하는 형국이다. 저 깨달음의 상태는 오래 지속되지 않는다. 그것을 확신했기에 망설이지 않는다.

법륜이 자리에서 채 일어서기도 전에 정고의 신형이 먼저 다가섰다.

진기가 가득 담긴 두 손이 법륜의 양어깨를 짓눌렀다. 백색의 광휘가 진로를 방해하고 있긴 하지만 이것을 뚫는 것도 시간문제다.

법륜을 둘러싼 백광이 점점 더 진해졌다. 온 힘을 양어깨에 집중한 것이다.

허나 커져가는 기운이 무색하게도 정고의 쌍수는 너무도 수월하게 법륜의 어깨에 닿았다.

"막을 수 있다면 막아보라."

어깨에 닿은 손에서 흑색의 강기가 줄기줄기 자라난다. 법륜의 백광이 흑광을 밀어내려 노력했지만 허사다. 정고의 십지(十指)가 법륜의 어깨를 파고들었다.

살이 뚫리고 뼈에 닿았다. 고통에 찬 비명과 함께 법륜의 백광이 값비싼 유리가 산산조각 나듯 깨져 버렸다.

"크아아악!"

그와 함께 무상의 경지를 노닐던 법륜의 정신은 나락으로 떨어졌다. 무신에서 야차로, 야차에서 다시 인간으로. 가닥가닥 파고든 흑강(黑罡)은 법륜의 기경팔맥을 마구잡이로 휘저었다.

이대로 두면 혈맥이 다 터져 십중팔구 즉사다. 죽지 않아도 불구 신세를 면치 못할 것이 분명했다. 법륜은 정고의 양 손목을 잡아 떼어내려 했으나 힘이 모자랐다. 그대로 주저앉고야 마는 법륜이다.

"제법이었다. 소림의 승려여. 십 년 후라면 승리를 장담하기 어려울 정도다. 그대에게 악감정은 없으나 하늘이 내린 천의가 그러하니 망설이지 않겠다. 이만 죽으라."

정고가 양손을 거칠게 뽑아냈다. 양어깨에서 피가 분수처럼 뿜어졌다.

그대로 쓰러지려는 법륜의 앞섶을 붙잡아 공중에 띄웠다. 그리고 마지막 절금장이 법륜의 가슴에 닿았다.

우그그극

단단한 가슴뼈가 함몰되며 법륜의 정신이 무너져 버렸다.

서서히 암전되는 시야 사이로 여러 개의 발이 보였다. 주변에 모여 떠드는 듯 귓가가 웅웅 울렸다.

"어찌할까요."

마신의 마군.

정고의 수하 하나가 다가서서 물었다. 정고의 안색은 방금 막 격전을 끝낸 사람답지 않게 평온했다. 단지 호흡을 몰아쉬며 기도를 정돈할 따름이다.

"그대로 둬라. 그냥 두어도 죽을 것이니. 혹여 그렇지 않다고 해도 다시는 무공을 쓸 수 없을 게다."

그 말을 끝으로 정고는 등을 돌려 사라졌다.

'안 돼, 아직 끝나지 않았어.'

법륜은 스러져 가는 정신을 붙잡았지만 허사였다. 무언가 수를 내야 했다.

순간 구양선이 떠올랐다. 희대의 신공을 마공을 전환한 자. 그가 가능했다면 자신도 가능하리라.

법륜은 아득해지는 정신을 부여잡고 단전을 두드렸다. 길이 열리기를 간절히 기도했다. 그 길만이 지금 상황을 타개할 수 있는 유일한 수단이라 생각했다.

한 번.

두 번.

그리고 세 번.

응답하지 않는 단전을 셀 수도 없이 많이 두드렸다.

몸에 머물러 있던 생령의 기운이 점차 빠져나가기 시작했다. 이제 곧 한계에 도달한다. 끝에 봉착하면 법륜의 정신은 인세가 아닌 내세에 머물리라.

기묘한 기분이다.

절망의 끝에서 두드린 문은 아직도 굳게 닫혀 있었다. 그럼에도 법륜은 그 끝에 빛이 있을 거라 믿었다. 그것은 희망이 아닌 확신이었다. 조급한 기분은 들지 않았다. 오히려 더 차분하게, 그리고 이성적으로 사고하고 행한다.

수 천, 수 만 번의 두드림 끝에 법륜이 얻은 것.

그것은 생이었다.

생명의 근원인 선천진기를 모두 소진하고 어둠이 모든 것을 잠식했을 때, 법륜의 단전 깊숙한 곳에서 한 줄기 빛이 솟아났다.

익숙한 기운이다.

방장과의 거래로 얻은 대환단의 기운이다.

대환단을 복용할 때 미처 수습하지 못한 무정의 내력이다.

그리고 야차진기를 휘돌릴 때, 제 모습을 감춰버린 반야신공이 함께였다.

삼기일체(三氣一體).

아니, 사기일체(四氣一體)다.

법륜의 몸에서 네 가지 기운이 꿈틀거렸다.

시작은 미약했다.

금강야차진기가 길을 인도한다. 곳곳에 끊어진 길에서 멈칫할 때 마다 대환단의 약력이 혈맥을 수복하고 무정의 진기가 길을 다진다. 반야신공은 그 뒤를 따르며 몸속에 머무는 탁기를 밀어낸다.

언젠가 소림에서 내력을 다지던 때처럼 네 개의 기운을 누르고 압축했다. 혈맥에 고여 있던 진기가 합류해 흐른다. 실낱 같았던 진기가 눈덩이처럼 불어나기 시작했다.

그렇게 법륜의 몸은 변화를 맞이하고 있었다.

가장 먼저 변화한 것은 생사현관이라 불리는 임맥과 독맥이었다.

대주천을 이루며 더 이상 뻗어갈 길이 없다 여겼던 임독양맥이 드넓은 광야처럼 펼쳐졌다. 그 평원을 네 마리의 말이 질주했다.

이상함을 가장 먼저 눈치챈 것은 역시나 마신이라 불리는 정고였다. 항상 머물던 절벽 위로 오르는 와중에 미세한 기의 흐름을 느낀 것이다.

"이 무슨……!"

아직은 미약하다. 삼류무인이 처음 내가기공을 익힐 때처럼 아주 가는 흐름이 이어졌다. 이래서는 안 된다. 어깨의 근맥을 끊고 가슴을 부쉈다. 절금장의 진력이 혈맥을 가닥가닥 끊는 것을 직접 확인했다.

그럼에도.

불가사의처럼 제자리에서 시체처럼 일어서는 법륜을 보며 정고는 섬뜩한 기분을 느꼈다.

정신을 차린 것 같지는 않았다. 여전히 두 눈은 반개한 채 흐리멍덩한 빛을 띠고 있었으니까.

정고는 오르던 절벽에서 뛰어내렸다. 십 장이 넘는 높이에서 뛰어내린 것치곤 무척 가벼운 움직임이다.

"안 되겠다. 그대로 숨이 끊어질 거라 생각했는데 그냥 명줄을 끊을 것을 그랬어."

얼마나 많은 갈등을 해왔던가.

무허가 자신의 실책을 죽음으로 맞이했을 때, 정고는 스스로가 정도에서 벗어났음을 알았다. 무허가 지키고자 했던 생명을, 정고는 승리의 도구로 생각했다. 무허의 가슴에 절금장이 틀어박힌 순간 깨달았다.

자신이 십대마존이라는 허명에 집착했음을.

자신이 지키고자 했던 민초의 생이 사실은 스스로의 욕심을 채우기 위한 하나의 수단이었다는 것을.

그래서 노력했다.

몇 년이나 민초들과 화전을 일구고 백면서생이나 다름없는 삶을 살아왔다. 산에서 풀뿌리를 캐고, 사냥을 해 생을 영위했다.

글공부를 하고자 하는 이들에게 글을 가르쳤다. 무공을 익히고 싶어 하는 자들에게 무공을 전수했다. 자신이 없어도 살길을 열어주기 위해서다.

그리고 법륜이 나타났다.

정고는 법륜을 보며 갈등했다.

살기 위해서, 오직 살기 위해서 법륜을 죽여야 했지만 그를 볼 때마다 무허 대사의 얼굴이 겹쳐 보였다. 그래서 마지막 일격에 손속을 두었다.

제 손으로 목숨을 끊는 대신 살 수 있는 길을 열어주었다. 그 길이 비록 불구로서의 삶이었으나 정고는 그것으로 빚을 갚았다고 생각했다. 혈채(血債)는 혈채(血債)로 갚는다는 강호의 격언을 가슴속에 품는 대신 한 가닥 은(恩)을 남겨둔 것이다.

법륜이 일어선 것은 사실 기련산에 사는 사람들에게 큰 문제가 되지 않는다. 목숨을 취하고 그저 묻으면 그만이다. 그렇게 하면 언제 그랬냐는 듯 제 삶을 찾아 갈 터이니.

허나 정고 그 스스로가 문제가 된다.

마음의 부채감.

무허 대사에 대한 빚은 아니다. 그 부채감은 스스로를 옥죄는 족쇄와 같다. 황군(皇軍)을 떠나 야인이 되었을 때, 민초들을 위해 생을 보내겠다는 그 다짐이 퇴색된다.

세인들이 말하는 마도십천의 십대마존, 기련마신 정고가 되는 것이다.

정고는 법륜을 물끄러미 바라보았다.

죽일 것인가, 살릴 것인가.

법륜은 뻣뻣하게 굳은 몸으로 대지에 굳건하게 두 발을 딛고 서 있었다. 몸에 흐르는 기를 관조하는 듯 그 작은 떨림조차 없었다.

정고는 선택해야만 했다.

그 고민의 끝에 그는 결정을 내렸다.

마신이 손을 들어 올렸다.

*　　　　　*　　　　　*

여립산은 산등성이에 앉아 법륜이 올라간 길을 올려다봤다. 뒤를 맡아주겠다 했으나 딱히 할 일이 없었다. 기련산에 거하는 마군(魔軍)이라 하나 기껏해야 일류에 오른 자들이 대부분이다.

그 숫자도 많지 않으니 여립산이 뒤를 맡아주는 것이야 어려운 일은 아니었다.

정작 험난한 일은 따로 있었다.

기련마신 정고.

본산의 무허 사숙을 열반에 이르게 한 희대의 마인. 법륜이 그를 이겨낼 수 있느냐 없느냐의 문제였다.

"불길한데."

스산한 기운이 목덜미를 스치고 지나갔다. 여립산이 아는 법륜은 강하다. 그 나이에 쌓을 수 있는 무력은 한정되어 있는 법이다. 헌데 법륜은 그 한계가 없다는 듯 무공의 성취를 이루어냈다.

여립산은 강호행을 하지 않았으나 강호에 적지 않은 인연을 만들어왔다.

모두 소림에서 시작된 인연이다. 정대한 소림의 이름 아래 구파의 숱한 무인들을 만나왔으며, 팔대세가라는 이름을 달고 다니는 이들 또한 여럿 보았다.

그중에서 법륜은 특출난 존재였다. 언제나 생각했던 것 이상을 보여주는 사질. 그 상식 밖의 성취에, 무력에 기대하는 수밖에 없었다.

"슬슬 준비해 볼까."

법륜이 마신을 죽음으로 몰고 가든, 마신이 법륜을 죽음으로 몰고 가든 이제는 준비해야 할 때다.

여립산은 땅에 박아놓은 도집을 물끄러미 바라보았다. 여기에 두고 간다. 법륜에게 한 맹세처럼 그 끝이 어떻게 되든 지켜볼 생각이다.

여립산은 도를 움켜쥐고 허공에 휘둘렀다.

자칫하면 구존과 동급이라는 십대마존과 승부를 결해야 할 상황이 올지도 모른다. 적당한 땀과 긴장감은 오히려 도움이 되리라.

"좋아, 간다."

여립산은 법륜처럼 일직선으로 돌진하지 않았다. 주변을 살피고 땅을 매만진다.

만에 하나 법륜을 이끌고 도주해야 할 경우 도주로를 살피기 위함이다. 그래서인지 여립산의 전진은 생각보다 더디게 진행됐다.

수풀을 헤치고 나무를 지나쳤다. 너른 공터와 가옥들이 보였다.

여립산은 재빨리 엎드렸다.

수풀 속에 엎드려 공터를 바라보자 난장판으로 펼쳐진 장내가 보였다. 무인과 무인이 아닌 자들이 한데 뒤엉켜 한곳을 바라보고 있었다.

"사질……!"

법륜의 양어깨에 마신의 손이 틀어박혔다 뽑혔다. 피가 분수처럼 뿜어져 나오는 것과 동시에 법륜이 무릎을 꿇었다. 여립산이 그 광경을 보고 달려 나가려는 순간, 정고가 법륜을 허공에 띄우더니 가슴팍을 가격하는 것이 보였다.

'저 정도면 즉사다.'

여립산의 얼굴이 심각해졌다.

애초에 잘못된 생각이었는지. 애초에 법륜이 홀로 산에 오르는 것을 반대했어야 한다는 생각이 머리를 지배했다. 죄책감이 가슴을 찔러왔다.

사문의 어린 제자를 사지에 몰아넣고도 뒤를 봐주겠다며 뒤에 남다니. 그래서는 안 되었다. 죽더라도 자신이 먼저 죽었어야 했다.

법륜을 너무 믿었던 것이 잘못일까. 여립산은 도병을 강하게 움켜쥐었다. 스스로에게 참을 수 없는 분노가 느껴졌다. 마신을 죽이고 자신도 죽는다. 여립산이 수풀에서 뛰쳐나왔다.

그 순간.

여립산의 눈이 믿을 수 없다는 듯 뜨여졌다.

정고의 일장에 죽었다고 생각한 법륜이 시체처럼 서 있었던 것이다.

절벽에 오르던 정고가 뛰어 내려오는 것이 보였다. 여립산은 법륜의 앞에서 잠시 고민하는 듯하더니 이내 손을 들어 올렸다.

"멈추어라!"

여립산은 전력으로 달렸다. 법륜의 등 뒤를 돌아 백호도를 휘둘렀다.

백광자전도가 매서운 기세로 날아갔다. 여립산은 처음부터 전력을 다했다. 상대를 가늠하고 여력을 남기기엔 눈앞에 서 있는 남자가 너무 거대했다.

정고는 갑자기 날아드는 도에 대경실색했다. 새하얀 강기를 머금은 도가 목을 향해 날아왔다. 정고의 눈이 위험하게 변했다.

'몸으로 막는다. 그리고… 죽인다.'

정고는 목으로 날아드는 도를 직시했다. 막고 죽여야겠다는 생각을 하자마자 몸이 쾌속하게 반응했다. 정고의 상체가 앞으로 숙여졌다. 상체가 숙여지며 굽혀진 무릎을 활시위처럼 튕겼다.

정고의 몸이 공중에서 한 바퀴 회전했다. 그대로 법륜을 향해 내려찍는 발이다. 제자리에서 각력만으로 공중제비를 돈 것이다. 그와 동시에 등에 내력을 집중했다. 호신강기를 갑주처럼 두른다.

여립산의 도가 정고의 등을 베어가는 순간 정고의 발이 법륜의 가슴을 가격했다.

법륜은 몸속의 내부를 관조하다 급작스럽게 전해진 통증에 집중이 깨지며 쓰러졌다.

진기가 가득 실린 일격이었는지 제자리를 찾아가던 내기가 다시 흔들리며 엄청난 고통이 느껴졌다. 이번에는 견뎌내기 어렵다는 것을 본능적으로 알아챘다.

비명도 지르지 못했다. 단번에 한계 이상의 고통을 느낀 탓이다.

법륜은 아득해지는 정신을 끝내 붙잡지 못하고 그 자리에 쓰러지고 말았다.

정고는 법륜이 쓰러지는 것을 두 눈으로 확인하며 등에서 느껴지는 고통을 이겨내려 노력했다. 창졸간에 발현한 호신강기는 여립산이 작정하고 펼친 도법을 제대로 막아내지 못했다.

여립산은 백호도가 정고의 등을 훑고 지나가자마자 그대로 몸을 회전시켜 법륜에게 뛰어갔다. 여기서 시간을 끄는 것은 무의미한 짓이다.

급작스러운 일격으로 마신에게 상처를 입혔다지만, 그 일격으로 죽음에 이르게 하지 못했다.

그가 작정한다면 그 정도 상처를 감수하는 것은 어려운 일이 아니리라.

여립산은 백광자전도가 정고의 호신강기를 힘겹게 뚫고 가느다란 상처를 남긴 것을 간과하지 않았다.

찰나에 뿜어낸 호신강기가 이 정도면 자신이 아무리 사력을 다해도 이겨낼 수 없다. 그러면 둘 다 죽는다.

여립산의 결정은 빨랐다.

'벗어난다.'

여립산은 전력으로 달리며 법륜의 옷깃을 잡아챘다. 법륜의 몸이 여립산의 손에 딸려 들어갔다. 순식간에 등에 들쳐 메고 내달린다.

정고는 등 뒤에 흐르는 선혈을 무시했다. 상처가 생각보다 얕았다고는 하나 피가 흘러 내리는 양이 상당했다. 달리는 걸음이 생각했던 것보다 더뎠다. 이대로면 놓친다.

"쫓아라!"

정고의 추상같은 명령에 마군이 합류했다. 마군은 여립산의 등을 쫓으며 호적(號笛)을 불었다. 그 호적 소리가 여립산의 귀에도 똑똑하게 들렸다.

여립산은 쾌속의 속도로 수많은 인형을 스쳐 지나갔다. 앞을 막아서는 마군이 계속해서 늘어났다.

여립산은 왼손으로 법륜을 받치고 남은 한 손으로 계속해서 도를 휘둘렀다. 강력한 경력이 뻗어나가며 가로막는 칼을 베어냈다.

고작해야 일류에 이른 자들.

강호에서 일류고수라 하면 웬만하면 대접받는 것이 다반사이나 상대가 나빴다.

여립산은 일류의 단계를 몇 번이고 뛰어넘은 고수. 그의 도를 제대로 막아내는 자가 없었다.

종횡무진이다.

여립산은 법륜을 등에 업고 뛰면서 산에 오르기 전 봐두었던 도주로로 몸을 움직였다. 미리 경로를 봐두길 잘했다는 생각이 들었다.

기련산은 마군의 앞마당이나 다름없다. 상대방의 앞마당에서 움직이면서 빈사 상태나 다름없는 환자를 등에 업고 있다. 이보다 더 나쁜 상황은 없으리라.

"중을 노려!"

더 나쁜 상황이 있었다.

수십이나 되는 마군이 눈을 빛내며 법륜의 등을 향해 칼을 떨쳐냈다.

'이런.'

여립산은 법륜의 등을 노리는 칼을 일일이 쳐냈다. 법륜이 정신이 있었다면 일일이 대응하지 않았겠지만 지금은 눈먼 칼에만 맞아도 위험하다. 여립산이 수십 개의 칼을 쳐내느라 잠시 지체한 순간.

더 큰 위기가 닥쳐왔다.

마신이 패력을 뿜내며 달려든다. 여립산은 마신을 경시할 수 없었다.

전력을 끌어냈다. 백호도가 허리춤에 머무른다. 백광자전도 백호출세가 도끝에서 터졌다. 도집을 두고 와 제대로 된 위력을 떨쳐내기 어려웠지만 마신의 발걸음을 잠시 멈추게 하는 것은 가능했다.

여립산은 백호출세의 경력을 뿜어내며 몸에 힘을 뺐다. 그 경력에 몸을 싣는다. 강물에 몸을 맡기 듯 몸을 빼는 여립산이다. 정고는 물고기처럼 손에서 빠져나가는 여립산을 보며 이를 악물었다.

"젠장! 더 빠르게 몰아쳐라!"

정고는 백호출세의 경력을 해소하자마자 외쳤다. 등을 가른 상처가 쑤셔왔다.

중년의 남자가 들고 있던 도의 예기가 생각보다 강력했다. 보도가 틀림없었다. 허나 정고는 멈출 수 없었다.

몸에 난 상처는 큰 문제가 아니다. 죽을 정도는 아니라 생각했던 까닭이다.

그보다 더한 문제는 따로 있었다. 중년인이 도주하는 경로 그 끝에 존재하는 자들이 문제였다.

여립산은 정고의 외침을 무시한 채 계속해서 산 밑으로 달렸다.

생각해 둔 바가 있었다. 강호에서 기련산은 위험한 곳으로 치부된다. 본래도 사마외도가 몸을 숨기기 좋은 곳이다.

허나 지금은 그 위험도의 급이 달랐다. 기련마신 정고가 자리를 잡기 시작하면서부터다. 황실에서도 아직까지 손을 대지 못한 험지와 마인들.

청해성의 근간으로 자리 잡은 곤륜은 기련산맥에 자리하는 마인들을 견제해야 할 필요성을 느꼈다. 그래서 자리 잡은 것이 청해오방이다.

주기적으로 싸움을 걸고 진퇴를 반복한 이유가 여기에 이다.

여립산은 청해오방을 이용하기로 결심했다. 마신도 그것을 아는 듯 더 여립산이 빠져나가지 못하게 강력하게 몰아친다. 지금부터는 시간 싸움이다.

여립산이 청해오방의 영역에 먼저 들어서느냐, 정고가 여립산을 먼저 잡느냐의 싸움이다.

여립산의 몸에 상처가 아로새겨졌다. 법륜을 보호하느라 날아드는 칼을 계속해서 맞았다.

피륙의 상처일 뿐이지만 피가 흐르고 기력이 빠져나가는 것이 느껴졌다.

법륜을 받친 왼손에 힘이 점차 빠져나갔다. 벌써 수십 명을 베고 지나갔지만 마군의 숫자는 줄어들 줄 몰랐다. 뒤에서는 마신이 쫓고 앞은 마군이 막아선다.

진퇴양난이다.

목적지가 코앞이나 갈 길이 멀게만 느껴졌다. 저 앞에 도끼를 든 무인들이 보였다.

굵은 땀방울이 콧날을 타고 흘러내렸다. 여립산은 법륜을 등에서 내려놓았다.

옷깃을 잡아 던진다. 법륜이 휠휠 날아 도끼를 든 무인의 품에 안기는 것이 보였다.

여립산은 그 모습을 보며 희미하게 웃었다. 법륜의 상세를 신경 쓰느라 미처 돌보지 못했던 몸을 돌아본다. 진기를 점검했다. 아직 충분하다.

저 마신에겐 한없이 부족해 보일지 모르겠으나 마군을 막아내기엔 차고 넘친다.

지금부터 전력을 다한다. 시간을 끌면 된다. 도끼를 든 무인들. 벽옥문의 무사들이 여립산의 옆에 섰다.

"누구신지 모르겠으나 어찌 마신을 자극했소이까. 일단은 돕겠소. 저자를 막는 것이 우선이니."

"여립산이오. 소림의 제자이니 의심을 거두시오. 일단은 막고 봅시다."

"소림이라니."

벽옥문의 무사는 여립산을 향한 의심의 눈초리를 거두지 않았다. 소림의 제자가 어찌 청해성에 있단 말인가. 백번 양보해 있을 수 있다 쳐도 어찌 기련산에 들어가 마신을 자극한단 말인가.

마신이 직접 산에서 내려온 것이 처음은 아니나 그 경계를 분명히 했었다.

그런 그가 저렇게 분노에 찬 얼굴로 예까지 내려왔다면 분명 무슨 일이 있어도 큰일이 있었을 게다. 벽옥문의 대표로 보이는 자가 욕지거리를 내뱉었다.

"제길 명년 오늘이 내 제삿날인가 보다. 벽옥문은 무기를 들라. 오늘 한번 죽어보자."

여립산은 황망한 와중에도 기개를 드높이는 벽옥문의 무사를 향해 입을 열었다.

"이름이 뭐요. 나는 오늘 죽지 않을 테니 죽어도 이름은 알아야 복수해 줄 것 아니오."

"지미, 이 상황에서 농은. 나는 백추요. 살아서 봅시다."

"좋소이다. 백추. 그 드높은 기개, 이 여립산이 기억하겠소."

여립산은 백추의 옆에서 보광을 일으켰다. 백광자전도 삼초 백광무한이다. 무한한 반월의 도강이 마군을 향해 날아갔다.

"도강!"

백추가 놀라움에 경호성을 터뜨렸으나 여립산은 거기에 신경 쓸 여유가 없었다.

계속해서 도강을 터뜨렸다. 마군 무리에 목불인견의 참상이 벌어졌다.

고작 일류의 무위로 도강을 막아내기엔 역부족이다. 팔 다리가 잘려 나가고 몸이 통째로 갈라지는 무사도 보였다. 그 참상은 마신이 여립산의 눈앞에 서고 나서야 끝이 났다.

"이……!"

얼굴이 새빨갛게 달아올랐다. 정고는 분노가 머리끝까지 차올라 화를 참을 수 없었다. 무시무시한 기세가 폭발했다.

여립산의 손이 긴장감으로 인해 땀에 절었다. 그래도 물러서지는 않는다.

"오라, 마신이여. 내 비록 그대에게 미치지 못함을 잘 아나 여기에서 물러난다면 무인으로서 수치라는 것을 잘 안다. 오늘 우리는 원(怨)을 쌓았으니, 그것을 갚지 않고서야 잠이나 편히 자겠나."

'빨리 오시오. 선배.'

여립산은 도병을 강하게 움켜쥐었다. 정고는 이를 악물며 여립산을 노려봤다.

"이제 다 끝났다고 생각하지? 무광자를 기다리는 것 같은데 소용없다. 그 전에 네놈을 죽여 끝을 볼 테니까."

*   *   *

법륜은 코를 찌르는 약 향에 눈을 떴다. 깨끗한 침상, 곱게 덮어진 면포, 은은하게 타오르는 쑥 연기가 어지러운 정신을 파고들었다.

억지로 몸을 일으켜 보려 하지만 쉽사리 움직이지 않는다. 팔과 다리에 감각이 생경하다.

법륜은 사지가 마음대로 움직여 주지 않자 고개를 움직이려 안간힘을 썼다. 간신히 고개를 들어 정경을 살피니, 몸 곳곳에 꽂혀 있는 침들과 은은한 연기를 내는 뜸이 보였다.

"누워 있는 것이 좋을 것이다."

쇳소리가 가득한 음성이다. 법륜은 문을 뚫고 들려오는 창노한 음성에 의아한 기분이 들었다.

"여기는……."

법륜의 목소리는 노인의 목소리보다 더했다. 목을 긁고 나오는 날카로운 소리에 제 스스로 놀란다.

"여기는 의방이다. 나는 의원이고 너는 환자지. 궁금할 게 무어라고."

노인은 문을 벌컥 열고 안으로 들어왔다. 법륜은 몸을 일으켜 세우려 노력했지만 몸이 말을 듣지 않자 암담한 기분이 들었다.

법륜 또한 기억하는 까닭이다. 마신과의 일전 후 네 가닥 진기를 합일시키는 과정에서 커다란 타격을 받았다. 그 뒤로 여 사숙의 목소리를 들으며 정신을 잃긴 했는데 도무지 그다음이 생각나질 않았다.

"여 사숙은……."

노인은 계속해서 말을 거는 법륜이 귀찮다는 듯 손을 휘휘 내둘렀다. 짜증이 가득한 인상이다.

"꼴에 다른 사람부터 챙겨? 구파라는 새끼들은 하여간. 그 새끼도 멀쩡하진 않은데 숨은 쉰다. 됐냐?"

노인은 창문을 열어젖히고 환기했다. 이내 약재를 다듬더니 주변을 왔다 갔다 한다.

법륜이 무언가 더 물으려 했지만 노인의 짜증스러운 기색에 그만 입을 다물고 말았다.

'이게 어찌 된 일이란 말인가.'

멀쩡하진 않지만 숨은 쉰다니. 법륜은 여립산이 돌이킬 수 없는 상처를 입었을까 두려웠다. 여립산 정도 되는 고수가 상처를 입었다면 그 부상은 가벼운 것이 아니리라. 게다가 자신을 위해 희생한 것이 아닌가.

법륜은 마신과의 일전을 떠올렸다. 마지막 일격을 맞았을 때 분명 의식이 나락으로 떨어지고 몸속의 진기가 폭주했다. 그때 여립산이 자신을 들쳐 업고 달리는 것이 기억의 마지막이었다.

"노인장. 사숙은… 사숙은 어찌 되셨습니까."

노인의 얼굴에 짜증스러운 기색이 역력했지만 묻지 않을 수 없었다.

법륜의 물음이 너무 간절해서였을까. 노인은 기다리라는 말만 남기고 방을 나가 버렸다.

사숙을 불러오려는 것일지.

법륜은 기다리라는 말에 처음으로 감사함을 느꼈다. 법륜은 여립산을 불러온다는 말에, 사숙이 거동이 가능할 정도로 경미한 부상을 입었다고 생각했다. 법륜은 마음이 조금 편안 해지는 듯했다.

허나 여립산의 상세는 법륜이 생각했던 것만큼 가볍지 않았다.

"사숙……! 눈이……!"

여립산은 법륜을 보며 희미한 미소를 지었다. 백호의 두 눈처럼 형형하게 빛나야 할 곳 한쪽이 무저갱처럼 흐릿하다. 있어야 할 오른쪽 눈이 없었다.

"아아. 기련마신, 확실히 강하더군. 죽는 줄 알았다. 눈 하나로 끝냈으니 싸게 먹힌 셈이다."

여립산은 대수롭지 않은 듯 말했다. 허나 보이지 않는 오른쪽을 자꾸 경계하듯 고개를 돌려 확인한다. 사각(死角)이 생긴 것이다.

초절정고수쯤 되면 기감(氣感)으로 공간을 파악하고 거리를 재는 것에 능하다.

허나 그것도 두 눈이 멀쩡할 때의 이야기다.

한쪽 눈이 아예 뜯겨져 나간 상태에서 공간을 파악하고 거리를 재는 것은 전혀 다른 문제다. 무인들이 그만큼 시각에 많이 의존한다는 뜻이다. 안법(眼法)이라는 말이 괜히 생겨난 것이 아니다.

"사숙, 저 때문에……."

"아아, 사질 탓이 아니니 너무 자책하지 마시게. 전부 내가 부족한 탓이니. 마신이란 이름, 허명인 줄로만 알았는데 세간의 평이 오히려 축소된 느낌이야."

"말도 안 되는 소립니다. 제가 사숙을 끌어들이지 않았다면 이런 일도……."

법륜과 여립산이 설전 아닌 설전을 벌일 때 옆에서 지켜보던 노인이 입을 열었다.

"병신들."

여립산과 법륜이 동시에 굳어졌다. 그들도 느낀 까닭이다. 이건 노인의 말 그대로 병신 짓이다. 무인이 패배를 겪고 간신히 목숨을 부지했다. 복수를 갚기 위해 절치부심해도 모자랄 시간이다.

여립산은 멋쩍은 웃음을 지었다.

"허허, 내 얼굴이 다 뜨겁군그래. 선배, 그래도 병신이라니 말씀이 지나치시오."

"말이 지나쳐? 지금 하는 짓이 딱 병신 짓인데 말이 지나치다? 지나가는 개가 웃겠다."

자유분방한 말투다.

정도의 명숙이라 부르기엔 지나친 어조와 표현이다. 법륜은 자연스레 노인과 여립산을 번갈아 봤다. 누구인지 묻는 얼굴이다.

"마의(魔醫)시다. 저분 말씀대로라면 우리 같은 정도의 떨거지는 치료 안 하시는 분인데… 뭐 선대의 연이 닿아 그럭저럭 인연을 이어가고 있었지. 이렇게 도움을 받게 될 줄은 몰랐지만."

여립산의 말에 마의가 발끈했다.

"뭐? 그럭저럭? 이 빌어먹을 새끼가. 눈 병신 된 거 살려놓고, 산송장 하나 돌려놨더니 말하는 본새하고는. 이래서 정도의 떨거지들은 안 돼. 특히 소림의 땡중 새끼들이 제일 문제야, 아오."

"보시다시피 입이 좀 걸다. 사질이 이해해라."

여립산이 옆에서 혀를 끌끌 찼다.

"물론입니다. 구명지은을 입었는데 어찌 그런 것을 탓하겠습니까. 소승 법륜이라 합니다. 이 은혜를 어찌 갚아야 할지……."

"인사치레는 됐다. 다 낫거든 다시는 찾아오지 마. 귀찮으니까. 그리고 여가 놈. 이걸로 네 선대에 진 빚은 전부 다 갚았다. 이 이상 귀찮게 하지 말라."

여립산은 고개를 끄덕였다. 알았다는 뜻이다.

선대에 맺은 가벼운 인연으로 갚지 못할 은을 입었다. 언제고 기회가 되면 반드시 갚아야 할 빚이다.

마의가 쌀쌀맞게 찾아오지 말라 한들 찾아오지 않을 법륜과 여립산도 아니지만.

법륜은 다시 한번 고개를 숙였다. 마의를 향해서다. 마의는 어깨를 으쓱 들어 올리곤 그대로 방을 나섰다.

저들끼리 해야 할 말들이 있을 테니 외인은 빠져주겠다는 뜻이다.

"사숙. 설명을 좀 해주시지요."

"벽옥문의 도움을 받았다. 거기에 절검문까지 왔었지. 곤륜의 무광자 선배가 마신을 막아섰다네. 마신 본인이야 충분한 여력이 있었어도 마군은 그렇지 못하기에 그대로 물러섰네."

여립산은 대수롭지 않게 말했다.

"자세한 이야기는 나중에 하자. 마의께서 말은 저리 하셔도 신경을 많이 썼어. 귀한 약초를 많이 쓰셨다. 우선은 정양에 힘쓰고 진기부터 점검해 보시게."

그제야 내력에 생각이 미치는 법륜이다. 아직 멀었다는 생각이 들었다.

완성된 무인. 완전무결한 무인이란 무엇일까. 적어도 지금의 법륜이 완성된 무인이라 하기엔 자격 미달이다.

'진기는.'

법륜은 진기를 점검했다. 사기(四氣)가 합일되며 하나 된 진기가 느껴져야 했다.

미약한 진기가 느껴진다. 아니다. 지금 몸에 떠도는 이것은 금강야차공의 진기가 아니다.

약력(藥力)이다.

귀한 약을 썼다고 하더니 그 약기운이 몸에 고루 퍼져 무인의 내력처럼 흘러 다닌 탓이다.

법륜은 몸속 어딘가로 숨어버린 진기를 찾기 위해 고군분투했다.

벌써 십여 년의 세월 동안 몸에 품고 산 내력이다.

법륜에게 내력의 존재는 숨 쉬는 듯 자연스럽고 당연히 있어야 할 손발과도 같다.

그런 진기가 몸에서 전혀 느껴지지 않자 법륜은 당혹감을 감추지 못했다.

"진기가… 없어……?"

법륜이 황망한 얼굴로 여립산을 보았다.

여립산은 그런 법륜의 눈을 피하지 않았다. 그럴 줄 알았다는 얼굴이다.

"역시……."

"사숙 이게 어떻게 된 일입니까."

"잘 듣게, 사질. 자네는 마신과의 일전에서 진원진기를 끌어다 썼지? 자네의 상세는 의원이 아닌 내가 보아도 심각했네. 마의께선 그런 자네를 살리기 위해 자네의 내공을 묶어놓았지. 생명의 그릇이 깨어졌으니 그 그릇을 채울 무언가가 필요했어."

"그 말씀은……."

"자네는 이제 내력을 일으킬 수 없네. 내력을 일으킨다면 그 끝은……."

죽음뿐일 걸세.

여립산은 굳이 끝말을 입에 담지 않았다. 이 정도만 해도 충분히 알아듣는다.

무공의 소실.

무공을 제외한 삶이라곤 한 번도 상상해 본 적 없는 법륜으로선 절망스러운 이야기다.

"방도가… 없겠습니까."

여립산은 굳은 법륜의 얼굴을 보며 갈등했다. 방도가 없느냐? 아니다. 하늘이 무너져도 솟아날 구멍은 있는 것처럼 무공을 되돌릴 방도가 있다. 허나 그 방법이 문제였다. 자연히 여립산의 얼굴이 굳어졌다.

"방도가 있기는 있는 모양이군요. 사숙의 얼굴을 보니 알겠습니다."

"그러하네. 방도가 없지는 않지. 문제는 그 방법이 지금의 자네로선 행하기 어려운 것이어서 그렇다네."

"그게 무엇입니까."

"소림."

법륜의 얼굴이 찌푸려진다. 소림에서 내려온 지 채 일 년이 되지 않았다. 그것도 방장의 허락 없이 무단으로 하산한 참이다. 그런데 무공을 되돌릴 그 방도가 소림이라니.

이대로 소림에 돌아가는 것은 부덕의 소치 그 자체다. 사문을 벗어나고자 그리 노력하고도 자신이 어려울 때 다시 사문에 손을 내민다?

그것은 법륜의 성정으로는 결정하기 어려운 선택임이 분명했다.

여립산은 법륜의 갈등을 충분히 이해했다. 본산에서 방장의 인장이 찍힌 서신이 아닌 무정 사숙의 서신이 왔을 때부터 충분히 예상하던 바다.

여립산은 그런 법륜을 보며 다시 입을 열었다.

"소림에는 무수히 많은 신공들이 존재하지만 그중에서도 선택받은 자들만이 익힐 수 있는 무공이 존재하지. 달마 조사이례로 수많은 불세출의 기재들이 도전했으나 그 끝을 보지 못하고 쓰디쓴 고배를 마신 무공. 그것만이 자네의 무공을 되돌릴 수 있을 걸세."

"역근세수경(易筋洗隨經)……."

"맞네. 바로 그것이네."

여립산은 법륜에게 답을 건넸다.

여립산의 말이 맞았다. 역근세수경. 소림의 시조나 다름없는 달마 대사가 남겼다는 비전 중의 비전. 육체를 다스리는 체외기공과 내력을 다스리는 내가기공이 합해진 내외겸수의 신공이다.

소림에선 방장과 그 후계만이 익힐 수 있는 무상대능력보다 더한 비전으로 치는 무공이다. 소림의 제자라도 결코 아무에게나 내어주지 않는 신공이다.

"어렵게 되었군요. 정말 어렵습니다."

역근세수경을 받는 것보다 차라리 법륜이 차기 방장 위에 도전하는 것이 빠를지도 몰랐다.

역근세수경을 전수하는 데에는 일정한 기준이 있기 때문이다.

첫째는 무공의 성취다. 법륜이 무허가 되면 된다. 구파의 절대자라는 구존 정도 되는 위치에 오른다면 역근세수경을 볼 수 있다.

법륜이 무허 정도의 무력을 쌓는다면 역근세수경을 접할 수 있다는 말이다.

'무공을 잃었으니 그것은 요원한 일이겠지.'

법륜은 첫 번째 방법을 포기했다. 무공을 되찾기 위해서 보려는 역근세수경이다. 무공이 멀쩡했다면 그런 생각조차 하지 않았을 것이다.

두 번째는 방장이나 그에 준하는 위치에 오르는 것이다. 소림의 방장, 그리고 그 후계. 원로원주나 되어야 볼 수 있는 것이다. 이 방법 또한 현재의 법륜으로선 불가능하리라.

"무공을 잃은 지금 무허 사조만큼의 무력을 쌓는 것은 불가능할 테고, 차기 방장이 되는 것이 빠르겠습니다. 후후."

법륜의 자조적인 웃음을 흘렸다. 차기 방장이 되는 것이 빠르다는 말이 스스로도 어이가 없었던 것이다. 소림의 차기 방장은 법무다. 그간 보지 못했으나 법무의 성취가 눈에 보일 듯 선하다.

이대로 무공을 잃고 평범한 사람 이하의 삶을 살아야 하는가.

"지난 세월 무공에 몰두하면서 욕심을 많이 덜어냈다고 생각했는데 그것은 제 착각이었던 모양입니다. 방도가… 보이질 않는군요."

여립산은 그런 법륜을 보며 웃었다. 괴물 같은 사질이 인세에 떨어져 괴로워하는 모습을 보았다.

그 모습은 그간 보지 못했던 인간(人間)으로서의 고민을 담고 있었다.

"포기하긴 이르네. 내게는 한 가지 방도가 더 있으니."

법륜은 여립산의 말에 놀라 눈을 치켜떴다.

"방도가… 있다는 말씀이십니까……?"

"물론일세. 뭐 그것도 어렵기는 매한가지지만. 그래도 앞에 두 개보다는 쉽겠지."

"그것이 무엇입니까."

여립산이 목소리를 낮추고 법륜에게 다가섰다.

"소림이 위기에 처했을 때 소림을 수호하는 자가 존재하네. 불법(佛法)이나 불타(佛陀), 믿지만 볼 수 없는 허상과는 달라. 자네가 결심했던 소림의 살검(殺劍)과는 다른 개념이지. 그는 실존한다네."

"그것이 누구입니까. 그런 존재가 소림에 존재한다는 소리는 한 번도 들어본 적이 없습니다."

법륜은 그런 존재가 소림에 있다는 것이 믿기지 않았다. 거의 평생을 소림의 경내에서 살아온 법륜이다. 두 눈을 씻고 보아도 그런 자를 본 적이 없다고 확신했다.

"그렇겠지. 지금껏 소림이 위기에 처해온 적이 없으니. 허나 나는 본 적이 있어. 조부를 따라 숭산에 올랐을 때, 분명히 그를 보았네. 문제는 당대의 계승자가 누구인지 모른다는 것이지."

당대의 계승자. 소림을 수호하는 존재도 사람인지라 시간이 흐르면 죽어 흙으로 돌아간다. 여립산이 조부를 따라 숭산에 오른 게 대략 삼십 년 전이니 수호자가 바뀌었을 것이 자명했다.

그를 찾는 것. 그것이 법륜이 무공을 회생시킬 수 있는 유일한 방도였다. 법륜은 길이 보이는 듯했다.

"그를 찾는 것부터 시작해야겠군요. 그러자면……."

"소림으로 가야겠지. 험난할 것이야. 일단은 육신의 상태부터 되돌리게. 자네는 두 달을 누워 있었어. 당장 몸을 움직이기엔 무리가 따를 걸세."

여립산은 그 말을 끝으로 방을 나섰다. 속이 많이 복잡하리라.

무공을 잃은 것부터 시작해 앞으로 헤쳐 나가야 할 여정까지 어느 하나 쉬운 것이 없다.

정작 더 큰 문제는 꺼내지도 못한 여립산이다. 하오문에 의뢰해 전해 들은 두 달간의 정세가 그것이다.

법륜이 다시 강호에 나선다면 스스로의 힘으로 소림에 도달하기 힘들리라.

"일단은… 아직이다."

그렇게 밤이 깊어갔다. 백호도가 새카만 밤하늘을 수십 차례 가른다.

법륜을 지켜야 했다. 그리고 강호는 법륜이 일으킨 파장에 새로운 국면을 맞이하고 있었다.

*   *   *

소림사(少林寺).

숭산은 언제나 적막해야 했다. 불도의 성지이자 수많은 구도자를 배출한 곳. 무인과 승려를 구분 짓기 어려운 이곳에 변고가 생긴 것이 얼마 전이다.

그것도 아주 큰 변고다.

숭산의 초입에 일단의 무인들이 자리 잡기 시작한 것이 두 달 전이다.

일단의 무인들, 그들은 검은색 정복을 입고 소매에 붉은 수실로 빨간 불꽃이 표시되어 있었다.

중원 천지에 붉은 수실로 가문의 표식을 나타내는 곳은 한 군데뿐이다.

정도팔대세가 중 수위를 다툰다는 구양세가가 그곳이다.

홍균과 이군문은 숭산의 초입에 서서 화륜대와 지륜대 무사들을 돌아봤다.

"홍 대주, 나는 이게 잘하는 짓인지 모르겠소이다."

이군문의 목소리엔 회한의 감정이 짙게 묻어났다. 어찌 그러지 않을 수 있을까.

섬서 한중에서부터 청해를 거쳐 이곳 하남의 숭산까지 아주 먼 길을 돌아온 참이다. 두 달간 숨 돌릴 틈도 없이 움직였다.

"이 대주, 그것은 나조차 확신하지 못하는 바요. 허나 지금

우리는 잘잘못을 따지기엔 너무 멀리 왔소이다."

"너무 멀리 왔다라… 그 말이 참으로 맞소."

너무 멀리 왔다. 그렇다. 그들은, 구양세가는 너무 먼 길을 왔다.

구양선의 시신이 담긴 관을 들고 구양세가로 복귀했다 쉴 틈도 없이 청해성 금촉상단으로 달려간 그들이다.

구양세가는 금촉상단을 불태웠다. 청해오방이라는 이름은 구양세가를 막기에 한참 부족했다.

화륜대와 지륜대만 나섰다면 모르겠으나 전쟁을 하는데 그럴 수 있을까.

구양세가는 전력을 다했다.

비록 태양신군 구양백이 참전하지 않았다고는 하나 세가의 빈객원과 원로원이 동원되었다.

홍균과 이군문을 한참을 상회하는 고수들이 청해오방을 덮쳤다.

순식간에 금촉상단을 무너뜨리고 덤벼오는 절검문과 벽옥문, 청도방을 몰아세웠다.

그때 곤륜의 무광자(武狂者)와 곤륜산인(崑崙山人)이 나서서 막지 않았다면 곤륜과의 전면전으로 치달을 정도로 상황은 심각했다.

그렇게 청해성을 무릎 꿇리고 오는 길이다. 하지만 화륜대와 지륭대의 자신감이 충만해질수록 홍균과 이군문의 시름은 깊어만 갔다.

세가의 이공자에 대한 복수를 한다고 나섰지만 그 정도가 너무 지나쳤던 까닭이다.

"홍 대주, 이 대주."

철궁을 등에 메고 양 허벅지에 전통을 멘 사내가 다가왔다. 불귀궁객 도염춘, 그도 이번 전쟁에 참여한 빈객원의 고수 중 하나였다.

"궁객 선배."

홍균은 눈짓으로 가벼운 인사를 건넸다. 빈객원과 원로원 모두 상대하기 까다로운 곳이긴 하나 궁객 도염춘은 그나마 편한 상대였다.

그가 스스럼없이 어울리길 원했기 때문이다.

"자네들 얼굴이 말이 아니군. 그보다 세가에서 서신이 한 통 왔다네. 비화군(飛火君)께서 찾으시니 함께 가세."

"알겠습니다."

세 사람은 천천히 걸음을 옮겼다. 숭산이기에 칼을 꺼내 들고 군막을 칠 수는 없었다.

그저 너른 공터에 원하는 곳에 자리 잡은 빈객원과 원로원 고수들이다.

"화륜대주. 세가에서 서신이 왔도다. 기사로군. 달리 표현할 말이 없다. 쯧."

비화군 구양정균.

태양신군 구양백의 친동생으로 십 년 전 세가의 운영에 일찌감치 손을 떼고 원로원에 거하는 고수다. 그의 무위는 구양백에 비해 다소 손색이 있지만, 그 잔인한 손속과 성정만큼은 구양백을 상회한다고 알려진 노괴였다.

"비화군 어르신. 그게 무슨 말씀이신지……."

이군문이 끌끌 혀를 차는 구양정균의 손에서 서신을 건네받았다.

빠르게 글귀를 읽어 내려가던 이군문은 믿을 수 없다는 듯 눈을 치켜떴다.

이군문이 서신을 읽고도 아무 말이 없자 홍균은 급히 이군문의 손에서 서신을 빼앗아 들었다.

"이게… 무슨……."

구양선지묘(歐陽善之墓) 파(擺). 시신 무(無). 구양선 생(生) 종적 확인 중. 복귀 요망.

구양선의 묘가 파헤쳐졌다. 시신은 존재하지 않았고, 그가 살아서 사라졌다. 종적을 확인 중이니 복귀하라.

"말도 안 되는 일입니다. 이공자의 시신은 저와 여기 있는

지륜대주가 분명 확인한 사안입니다. 게다가 세가의 의원과 태상가주께서도 재차 확인한 일이 아닙니까?"

"그렇겠지."

비화군 구양정균은 대수롭지 않게 말했다. 그도 알고 있던 사실이다.

세가에 조카인 구양금의 혼외자가 있으며 그가 죽음으로써 노구를 이끌고 멀고도 먼 외유를 한 참이 아니던가. 분명 놀랄 만한 일이다만 믿지 못할 일도 아니다.

구양정균은 홍균을 보며 말했다.

"남환신공. 형님이 남환신공을 전수했다지?"

"그렇… 습니다……."

남환신공은 구양세가의 근간이다. 고래로 가문을 이을 적장자에게만 전수하는 신공인바, 가문의 소가주도 아닌 이공자에게 전했다는 것은 명분을 중요시하는 세가의 원로들에게 좋지 않은 모습으로 비쳐졌다.

그렇기에 대답을 하는 홍균도 약간의 꺼림칙함을 안고 있었다.

"그런 것이로군. 남환신공이다. 구양선이라는 그 아이, 분명 남환신공을 마공으로 바꾸었다고 했지. 애초에 죽질 않았었군, 그 마인 놈."

"애초에 죽지 않았다는 것이 무슨 말씀이신지……."

"말 그대로다. 죽지 않았던 게지. 남환신공의 연원은 남방(南方)의 신, 화천(火天)에 그 근원을 두고 있다. 화천의 힘이라 함은 곧 생명의 힘이다. 오행(五行) 중 화(火)의 근원은 심장이다. 심장은 인간이 생을 영위할 수 있게 하는 생의 원천. 심장이 멎어 죽었다 했지? 남환신공의 화기가 심장을 보호하고 맥동을 일깨운 게다. 그러니 애초에 죽지 않았던 게지."

이군문은 구양정균의 말을 이해했다. 허나 전부 다 이해한 것은 아니었다.

"신군께서 직접 살피셨습니다. 그 강대한 무를 이루신 분이 살피고도 모르셨다는 게 이해가 가질 않습니다. 그럴 수도 있는 것입니까?"

"물론이다. 그 아이가 심장이 멎은 직후였다면 형님이 모를 리가 없지. 어떻게든 수를 내셨을 거다. 시간이 너무 흐른 탓이야. 남환신공의 진기가 심장을 살려내려 외부의 모든 기운을 차단했을 테니, 아주 불가능한 일은 아니야. 그건 그렇고 이제 어떻게 한담."

구양정균은 끌끌 웃으며 재미있다는 표정을 지었다. 마인임에도 세가의 복수를 위해 청해성까지 다녀온 참이다. 소림이 코앞인데, 구양선이 살아 있다는 이야기만 듣고 이렇게 물러서기엔 면이 서질 않는다.

"소림… 소림이라……."

구양정균 또한 구파에 짓눌린 세가의 시대를 살아온 자다. 그중에서도 최고라 불리는 소림을 눈앞에 둔 지금, 구양정균은 갈등했다. 눈에 뻔히 보이는 수작이나 부려볼까.

"화륜대주, 지륜대주. 빈객들과 함께 소림에 오른다."

홍균과 이군문이 동시에 놀라 소리쳤다.

"소림에 오르시겠단 말씀이십니까?"

"세가에서 복귀 명령이 떨어졌습니다. 이대로 행하시는 것이……."

"안다. 허나 이미 내친걸음이다. 소림이 코앞이다. 세가의 힘이 최고조에 이르렀다는 지금, 우리는 구파의 힘을 확인할 필요성이 있다. 그 법륜이란 중놈도 그렇지 않더냐. 이전까진 있는 줄도 몰랐던 놈이 어느새 나타나 힘으로 주변을 찍어 누른다. 구파는 그런 곳이야. 소림에 그런 놈이 또 없다고 장담할 수 있느냐?"

"그래도 세가의 명은, 신군의 명은 절대적입니다."

"받지 못했다 하면 그만이다."

이군문이 되물었다.

"무엇을 말입니까?"

"서신. 우리는 서신을 받기 전에 산에 올랐다. 그뿐이야. 그렇게 되면 명을 어기는 것이 아니니 문책받을 염려도 없다. 그리고 소림과 전면전을 하자는 게 아니야. 그저 확인만 한다. 소림도 우리의 존재를 알고 있을 테니 얼굴도장이나 찍어보자고."

비화군 구양정균은 자리에서 일어났다. 서신을 전한 전서구를 들고 있는 무인이 보였다. 구양정균은 전서구를 향해 손짓했다.

전서구가 제 스스로 날아오는 것처럼 구양정균의 손으로 빨려 들어갔다.

경지에 오른 격공섭물(隔空攝物)이다. 누가 말릴 새도 없이 손에 들린 전서구가 불타올랐다. 지고한 경지에 올라야만 펼칠 수 있다는 삼매진화(三昧眞火)는 아니었지만 엄청난 열양공임에는 틀림없었다.

홍균과 이군문의 얼굴이 자연히 굳는다.

"꼭 그러셔야만 하겠습니까?"

홍균이 침중한 얼굴로 물었다. 나름의 이유를 대었지만 여전히 세가의 명을 등한시 하는 구양정균이 못마땅하다는 기색이 역력하다.

"해야겠다. 팔대세가는 인고의 시간을 보내왔어. 구파의 눈치를 보기 급급했다. 이번 기회는 하늘이 주신 기회나 다름없다. 우리에겐 저들이 그리 중요시하는 명분이 있어. 구파는 구양선 그 아이가 살아 있다는 사실을 몰라. 비록 마인이 되었다고는 하나 세가의 일원. 그의 복수를 천명한다면 소림이 아니라 소림 할아비가 와도 못 막는다."

구양정균의 눈이 위험한 빛을 띠었다.

"그러니 한다. 따르라."

제십이장(第十二章)

소림(少林)

　소림의 방장 각선은 지객원주 각문의 보고를 받고 분노한 표정을 감추지 못했다.

　일단의 무인들이 소림의 앞마당이나 다름없는 숭산의 초입에 자리 잡은 지 채 하루가 되지 않았다. 그럼에도 소림은 그모든 것을 알고 있었다.

　"이 소림을 우습게 보는가. 각문 사제, 구양세가의 무인들이 틀림없나?"

　"그렇습니다. 직접 비화군의 얼굴을 확인했습니다. 그가 직접 나서다니 세간에 떠도는 소문이 진실인 모양입니다."

"소문이라……."

소문은 다른 것이 아니다.

하늘에서 야차가 내려왔다. 하늘에서 내려온 야차는 구양세가에서 탄생한 마인의 숨통을 끊었으며, 종국에 마신이라 불리는 기련산의 괴물에 칼을 들이댔다. 그 뒤 소식이 끊기긴 했으나 기련마신이 꽤 큰 낭패를 당했다는 것은 정도의 무인이라면 모르는 자가 없었다.

하늘이 내린 야차, 천야차.

그리고 그의 이름은 법륜이다.

소림이 배출한 기린아. 약관도 되지 않은 나이에 기련마신과 대적한 불세출의 고수. 호사가들은 향후 이삼십 년간 소림의 아성을 뛰어넘을 문파가 없다고 떠들어댔다.

"법륜이라. 무정 사숙께서 법륜을 하산시킨 것에 대해 몰랐던 것은 아니지만……."

사고를 쳐도 너무 큰 사고를 쳤다.

기련마신과의 일전이야 법륜에게 대환단을 넘기며 애초에 약속했던 것이니 문제가 없다. 문제는 구양세가다. 타파의 일에 너무 깊숙이 개입했다. 마인이라고는 하나 구양세가의 이 공자다.

집안 단속을 잘못한 구양세가가 지탄을 받아야 마땅했으나 세간의 시선은 달랐다. 구양세가에서 탄생한 마인이니 구양세가가 직접 처단했어야 옳다는 말이 한동안 떠돌았다.

아마 구양세가가 청해성의 금촉상단을 박살 내 세간의 이목이 돌아가지 않았다면, 소림은 계속해서 호사가들의 입방아에 올랐을 것이다.

그렇게 되었다면 소림과 법륜에 대한 평은 바닥을 쳤을 것이다.

"그 아이에 대한 소식은 없는가."

각선이 지객원주 각문에게 물었다. 소림의 모든 산문을 관리하는 각문이기에 속세의 소식도 가장 먼저 듣는다. 그렇기에 각선은 각문이 법륜에 대한 소식을 전해주었으면 하는 마음이 들었다.

"섬서의 여 사제가 개입되어 있는 것 같습니다. 애초에 무정 사숙께서 법륜을 백호방으로 보냈으니 그와 함께하는 것이 이상한 일은 아니지만… 너무 의도적입니다."

"의도적이라니?"

"청해성, 기련산에서 마지막으로 사제와 사질을 봤다는 것이 마지막이었습니다. 그 뒤로는 행적이 묘연합니다. 여 사제는 결코 머리가 나쁜 자가 아닙니다. 구양세가가 눈에 불을 켜고 그 둘을 찾을 것이 불 보듯 뻔한데, 섬서로 들어섰을 리 없어요. 그러면 길은 두 가지입니다."

각선이 눈을 빛냈다.

"그 길이 무엇인가."

"신강, 혹은 서안입니다. 서안이라면 그나마 구파의 입김이 닿는 곳이니 개방을 통해서 수소문이라도 해볼 수 있겠지만, 신강이라면……"

"불가능하다는 이야기로군."

"문제는 또 있습니다. 개방을 움직이면 구파 전부가 아는 것과 매한가집니다. 팔대세가라고 다를 것이 없지요. 우리가 개방에 의뢰를 하는 순간, 그 아이는 목숨을 걱정해야 할 겁니다."

"결국 뚜렷한 방도가 없다는 말이로군."

각문이 각선의 말에 고개를 끄덕였다. 뚜렷한 방도가 없다. 사면초가나 다름없다.

지금껏 눌러 담아온 소림의 힘이야 차고 넘치지만 소림이 어디 무력만을 앞세우는 문파이던가.

그 어느 문파보다 민초들의 삶에 신경 쓰고, 그들의 안위에 앞장서는 문파다.

힘으로 모든 것을 해결하려 하면 분명 파탄이 생길 것이다. 각선이 우려하는 바도 그것이다.

"결국 그 아이가 무사히 소림에 이르기만을 기다려야 한다는 말이로다. 백호방주를 믿는 수밖에 없겠군. 그것보다 눈앞에 당면한 문제부터 해결해야겠지. 사제는 가서 법오를 데려오게."

"장경각의 법오를 말씀이십니까?"

"그렇다네. 그 아이에게 맡길 일이 있다네. 그를 불러주시게."

각문은 의문스러운 얼굴을 감추지 못한 채 방장실을 나섰다.

구양세가가 코앞까지 칼을 들이민 상황에서 방장이 한 선택이 이해가 가질 않았다.

장경각의 법오.

지객원의 지객승으로 있던 법오가 장경각으로 옮겨간 것이 벌써 오 년이다. 방장은 그에게 무슨 볼일이 있는 것인지.

"이럴 때가 아니지. 일단은 방장 사형 말씀대로 법오를 찾아야겠구나."

각문의 중얼거림만이 허공에 흩날렸다. 각문은 휘적휘적 걸음을 옮겨 장경각으로 향했다. 장경각은 출입이 엄격하게 통제된 곳이다.

소림의 모든 무학과 경전이 잠들어 있는 곳.

장경각에 들기 위해선 방장의 인가가 필요했다. 무상의 신공을 펼쳐보려면 원로원의 재가가 필요했다. 장경각은 그토록 폐쇄적인 곳이다.

허나 각문은 아무런 문제도 없다는 듯 장경각의 입구를 지나쳤다. 복잡한 절차와는 상관없이 장경각에 들어가는 것은 그리 어려운 일이 아니었다. 오래된 목조 건물인 장경각에선 깊은 나무 내음 대신 퀴퀴한 냄새가 났다.

"법오 사질."

각문이 장경각 내부로 들어서 법오를 불렀다. 장경각의 승려는 오로지 두 명뿐이다. 장경각주와 장경각의 잡무를 담당하는 무승 하나.

소림의 비밀이 담긴 곳이니 사람이 적으면 적을수록 좋았다.

장경각주는 현재 출타 중이니 장경각 내에 사람이라곤 법오 하나뿐이리라.

수천 권의 서적을 보관하는 곳에 두 사람뿐이니 제대로 정리가 될 리 만무하다. 각문이 서적을 둘러보는 사이 서책 더미 사이로 파르라니 깎은 머리 하나가 일어섰다.

"뉘십니까?"

"지객원주 각문일세. 방장의 명을 받고 왔다네."

"아! 각문 사숙."

법오는 서책 더미에서 일어서 급하게 포권을 취했다. 아무런 절차 없이 각문이 뜬금없이 방문했으니 법오가 놀라는 것도 무리는 아니다.

"어쩐 일로 예까지 발걸음을 하셨습니까."

"방장께서 찾으신다네. 헌데 어찌하누? 장경각주가 자리를 비웠으니 자네가 방장을 찾아뵈면 장경각은 무주공산인데……."

"방장께서요?"

"그렇다네. 방장 사형이 자네를 찾았다네. 이 바쁜 시국에 무슨 일인지……. 그보다 어찌하겠는가? 자네가 자리를 비울 동안 내 잠시 봐줄 의양도 있네만."

법오는 고개를 저었다.

"괜찮습니다. 다 방도가 있지요. 사숙께선 그만 지객원으로 돌아가시지요. 사문에 어른께 비밀을 만드는 것 같아 죄송하나 장경각의 일이니 사숙께선 더 이상 권한이 없으십니다. 제가 알아서 조치하고 갈 터이니 그만 걱정을 거두시지요."

법오의 똑 부러지는 대답에 각문은 입을 꾹 다물었다. 할 말이 없었다.

각문은 고개를 끄덕였다.

사문의 어른이라고 강짜를 부릴 수도 있었으나 그 또한 소림의 승려, 사문의 법도가 그러하다니 이만 물러가는 것이 예이리라.

"알겠네. 그럼 이만 실례하지."

각문은 손을 흔들고 밖으로 나섰다. 법오는 그런 각문을 향해 다시 한번 포권을 취하며 예를 갖춘다. 법오의 단호했던 표정이 각문이 장경각을 나서자 급격하게 풀어졌다.

어딘가 권태로운 모습이다.

"어쩐 일로 방장께서 나를 다 찾으실까나. 귀찮은 일은 아니었으면 좋겠는데."

*　　　　　*　　　　　*

법륜과 여립산은 걸음을 재촉했다. 서안을 떠나 하남으로 길을 떠난 지도 벌써 칠 주야가 흘렀다.

법륜과 여립산이 걸음을 재촉했음에도 불구하고, 그리 먼 길을 가지 못했다.

법륜의 상세 때문이다.

무공을 소실한 법륜의 걸음은 일반인의 걸음보다도 못한 수준이었다. 두 달이란 시간을 병상에 누워 보냈다. 마의가 관리를 잘해주었다고는 하나 건장한 성인 남성도 병상에서 두 달을 보내면 근육이 빠지고 뼈가 흐물거리는 것이 정상이다.

몸의 상태가 심각한 수준인 법륜은 현재 저자의 흑도 왈패보다 못했다.

"사질, 여기서 좀 쉬었다 가야겠네."

"헉헉, 저 때문에 그런 것이라면 괜찮습니다. 아직 더 갈 수 있어요."

"허허, 그 헐떡이는 숨이나 어떻게 하고 말하시게. 자네만 힘든 것이 아니야. 나도 좀 지치는군."

그럴만도 했다. 여립산은 오른쪽 시각을 잃은 이후, 길을 떠나며 중간중간 쉴 때마다 사각의 약점을 없애기 위해 불철주야 노력했다.

게다가 법륜이 오르기 힘든 길을 등에 업고 뛰기도 했으니 지치는 것이 당연했다.

법륜은 여립산의 말에 힘에 겨운 여정으로 굳어진 얼굴을 풀고 나무둥치에 몸을 기대고 앉았다.

여립산은 그런 법륜을 일견하고 수풀을 헤치고 더 깊숙한 곳으로 들어갔다.

도를 휘두르려는 게다. 사각을 없애기 위해 노력하고는 있지만 쉽지 않았다.

사십이 넘는 세월을 두 눈으로 세상을 바라보고 살았는데, 고작 두 달 만에 익숙해질 리가 없다.

그나마 나은 점은 여립산이 초절정에 이른 고수라는 점이다.

눈으로 보지 못하는 것을 기로 느끼고 대처한다. 여립산의 화두는 거기에 있었다.

백호도가 매섭게 허공을 갈랐다.

법륜은 백호도가 일으키는 파공음을 들으며 눈을 감았다. 눈을 감으면 계속해서 마신이 보였다. 마신의 뻗어오는 장력, 손날, 그 몸짓이 법륜의 숨통을 죄어왔다.

벗어나고자 노력했지만 그 심상 속에서 법륜은 언제나 무기력하다.

세상을 오시하겠다던 그 패기와 무공은 어디로 갔는지. 마신의 손날에 순식간에 목이 갈려 죽기를 반복했다.

'이대로는 안 돼.'

법륜은 그렇게 생각했다. 이대로는 죽도 밥도 안 된다. 자신의 무공은 강력했다.

마신이라 불리는 자의 무공에 대적했으니 그 강함이야 어느 누가와도 고개를 끄덕일 것이다.

하지만 그뿐이다. 마신의 무공은 법륜의 상상 이상이었다. 무공을 되찾는다?

그것은 소림에 도달하고 나서도. 얼마나 긴 시간을 보내야 할지 알 수 없는 일이다.

법륜은 지금 당장 답이 보이지 않는 일에 몰두하지 않았다.

대신 다른 일에 몰두했다.

마신의 무공을 해체했다.

그 당시에 보고 느꼈던 것들을 기억해 냈다. 초식을 하나하나 분해하고 투로를 분석했다. 그렇게 하길 몇 차례, 법륜은 한 가지 깨달음에 도달한다.

'마신의 무공에는 초식이 없어.'

초식이 없다.

법륜과 무공을 겨루며 몇 번이고 일정한 움직임을 보여주기는 했지만 그건 진짜 초식이 아니다. 마신의 움직임 그 자체였다.

초식이 가진 의미를 체화해 의도한 대로 펼칠 수 있는 경지. 그것이 마신의 무공이었다.

하면 자신은 어떠한가.

법륜의 무공은 누가 뭐래도 강력하다. 법륜구절이라 이름 붙인 무공은 전신을 무기로 삼는다. 몸 자체가 신병이기가 되어 무공의 길을 따른다.

하지만 마신의 무공과 비교하면 명확한 한계가 있었다. 마신의 무공인 백련환단공과 절금장은 정종의 무공이다. 정고 역시 백련의 연마를 거쳤을 게다.

그 말은 즉, 정형화된 초식과 투로를 수천, 수만 번 담금질했다는 말이다. 그러고도 초식을 자유자재로 뿌리고 거둔다.

법륜이 느낀 한계가 그것이다.

초식을 자유자재로 다루는 것. 초식이라는 이름에 갇혀 한정된 움직임만을 거듭해 온 법륜이다.

마신을 이기려면 마신도, 그 자신도 쉽게 예상할 수 없는 무공을 만들어야 한다.

'아니다. 무공을 만드는 것이 아니야. 투로를 벗어나야 해.'

새로운 경로를 찾아가는 것.

조금 더 자유롭게, 그 누구도 예상할 수 없도록 만들어야 한다. 법륜은 심상에 세계에 폭 빠져들었다. 법륜구절 하나하나를 파헤친다.

금강야차신공을 제외하고 형을 따르는 모든 초식을 점검한다. 야차구도살부터 철탑신추까지.

구양세가에 머무르며 새로이 만들어낸 초식도 새로이 정립했다.

몸의 움직임, 내공의 운용까지 모든 것을 조율하고 통제한다. 그렇게 법륜은 심상의 세계에서 새로운 경지로 한 발을 내디뎠다.

잠들었던 야차가 다시 깨어나기 시작했다.

       *   *   *

"찾으셨습니까, 방장."

법오는 방장실에 찾아와 대뜸 말을 건넸다. 무림에서 추앙받는 소림의 방장을 대하는 태도치고는 꽤 방만했다. 보통의 제자라면 오체투지까지는 아니더라도 죽으라면 죽는 시늉까진 한다. 각선은 그런 법오를 보면서 그저 웃을 뿐이다.

참으로 재미있는 아이다. 각선은 그렇게 생각했다. 특별한 위치에 있다고 해도 소림의 제자임이 분명한데 존장을 대하는 태도가 저자의 상인 대하듯 한다. 이런 버릇은 한번 고쳐줘야 겠지.

"법오."

"예?"

파아아아앗.

각선이 사람 좋아 보이는 미소를 지우고 본모습을 드러냈 다.

경지에 오른 무상대능력이 깨어나 법오를 찍어 누른다. 법 오는 갑작스러운 각선의 내기 방출에 쓴웃음을 지었다.

역시나는 역시나다.

자신이 소림에서 특별한 위치에 있다고는 하나 한 번도 그 특권 비슷한 것을 받아본 적이 없다. 오히려 제약만 가득했 다. 법오는 자신의 투정을 받아주지 않는 방장이 야속하기만 했다.

소림에서 특별한 위치.

그 자리는 어느 날 약속이라도 되어 있다는 듯 법오를 찾 아왔다.

수행에 전념하지 못하고 지객원에서 무료한 하루하루를 보내던 법오에게 찾아온 한 사람. 그것은 기연이라 부르기에 충분한 일이었다.

정확히 오 년 전, 장경각주 진학은 지객원을 찾아와 법오를 데려갔다.

진학은 법오에게 다짜고짜 무공을 가르쳤다. 진학이 처음 무공을 전수하기 시작했을 때, 법오는 마뜩찮은 기분이 가득했다.

가르치는 무공이 소림의 입문제자들이 배우는 기본공 중에 기본공이었기 때문이다.

게다가 법오가 알기에 진학은 소림에서 얼마 없는 학승(學僧)이었다. 그러니 법오가 진학에게 얌전하게 무공을 배우기란 하늘의 별따기보다 어려운 일이었다. 법오는 반발했다. 그리고 곧 그 반발이 얼마나 어리석은 행동의 일환이었는지 깨달았다.

'그때는 진짜 죽는 줄 알았지.'

진학은 고수였다. 지객원을 담당하던 각문보다도 더한 고수였다.

십 년 전 지객원에서 법륜과 비무를 펼치던 구양백도 진학에겐 상대가 되지 않을 것 같았다.

그렇게 배운 무공이다. 수도 없이 맞아가며 소림의 무공을 몸에 새겼다. 법오는 소림의 무공을 제대로 배웠다. 그렇게 얻게 된 무공의 근간에는 단 하나의 신공이 있었다.

달마역근세수경(達磨易筋洗隨經).

달마가 소림의 학승들을 위해 남겼다는 진기도인법. 달마가 남긴 양생의 기공은 특별했다.

각선이 소림 최고의 신공이라 알려진 무상대능력을 거침없이 뿜어내는 와중에 과거를 회상하게 만들어줄 수 있을 정도로 역근세수경은 특별했다.

"왜 이러십니까, 방장."

법오가 아무렇지도 않게 무상대능력을 흘려내기 시작했다. 물 위에 떠다니는 버드나무 이파리처럼 어깨가 춤을 추듯 흔들린다.

무상대능력의 기운이 법오의 어깨춤에 그를 피해가기라도 하듯 스며든다.

"허, 둔재 법오를 이렇게까지 만들어놓다니. 진학도 엄청나군. 두 눈으로 보고도 믿지 못하겠다."

법오는 각선의 말에 발끈했다.

"아니, 방장. 어찌 이러시냐고요."

"허나 존장을 대하는 데 있어 그 방만한 태도와 자세, 필시 바로잡아야 할 일이로다."

"방······."

법오가 각선을 부르기도 전에 각선의 몸에서 뿜어져 나오는 무상대능력의 기운이 기하급수적으로 늘어났다.

오로지 법오만을 찍어 누르는 신공은, 아무리 법오가 소림 근간의 무공인 역근세수경을 익혔다 하더라도 흘려내기 어려웠다.

"컥."

법오의 입에서 앓는 소리가 절로 나왔다. 법오가 바닥으로 고꾸라졌다.

그렇게 일각의 시간을 바닥에 입을 맞추던 법오는 각선이 무상대능력을 회수하자 자세를 바로 할 수 있었다.

아무리 사문의 존장이라지만 굴욕적이었다. 진학에게 그토록 혹독하게 수련을 받았는데, 아직 세월을 뛰어 넘을 무공을 갖지 못한 자신의 나태함이, 자만심이 부끄러웠다. 얼굴이 절로 붉어졌다.

"그래, 이제 정신이 좀 드는가?"

각선은 법오의 붉어진 얼굴을 보고선 이만하면 되었다 생각했는지 평소의 태도로 돌아왔다. 법오는 그저 고개를 숙일 뿐이다.

"내 자네의 고충을 모르는 바가 아니야. 장경각에 틀어박혀 진학에게 무공을 배우기란 얼마나 힘에 겨운 일인가. 허나 자네가 가진 위치와 무공, 소림에서도 아주 특별한 것일세. 그 자리를 원하는 사람은 널리고 널렸는데도 진학은 자네를 선택했지. 단지 어린 시절의 자신과 닮았다는 이유 하나로 말일세. 그러니 정진하게. 소림을 수호하기엔 아직 턱없이 모자라."

각선의 날이 선 꾸중에 법오는 다시 한번 고개를 숙였다. 그랬던가.

단지 그런 이유로 자신을 당대의 수호자로 만드셨던가. 평생을 가도 갚지 못할 은혜를 입었다. 볼일이 있다며 산을 내려간 스승 진학이 갑자기 그리워졌다.

"뭐 그건 시간이 차차 해결해 줄 일이고. 그보다 자네에게 몇 가지 물을 것이 있네."

법오가 어느새 공경이 가득 담긴 어조로 물었다.

"하문하시지요."

"소림의 수호자는 후계를 공고히 하기 전에는 소림의 산문 밖을 나설 수 없지. 그런 진학이 산을 내려갔어. 자네의 성취가 이제 소림의 수호자로 손색이 없다는 판단을 했겠지. 아직 모자란 부분이 보이나 그건 스스로 노력하면 될 일이고."

각선이 고개를 주억거렸다. 법오는 그런 각선의 말을 듣기만 했다.

달리 할 말이 없었다. 방장의 말이 전부 옳았으니까. 법오는 아직 소림의 수호자라 하기에 많이 부족했다.

"그래서 내 묻겠네. 진학은 어디에 있나. 달리 남긴 말은?"

"행선지를 말씀해 주시진 않았습니다."

법오는 두 달 전, 갑작스레 하산할 일이 생겼다며 떠나간 진학을 떠올렸다.

달리 남긴 말이라. 진학은 별다른 말없이 산을 내려갔다. 평소와 같은 잔소리와 타박뿐이었다.

한참을 생각하던 법오는 탄성을 터뜨렸다.

"아!"

"그래, 뭐라 하던가."

"떠나시기 전 이상한 말을 중얼거리셨습니다. 뭐라더라, 야차가 되려던 중생이 인세에서 나락으로 떨어졌다고……. 그리고 호랑이 한 마리가 눈을 잃고 울부짖는다 하셨습니다."

"그랬군. 그래서 소식이 없었던 게야."

각선은 고개를 주억거렸다.

야차가 되려던 중생, 이는 곧 법륜을 이르는 말이다. 또한 호랑이는 백호방주가 확실했다.

법륜이 마지막으로 목격되었을 때, 하나같이 백호방주와 함께 있었다고 했으니까.

'그토록 힘에 겨웠던가. 마신이라… 우습게 볼 수 없도다.'

암중살겁이 되고자 했던 법륜. 그 스스로 무당의 흑무 같은 이가 되겠다고 다짐했다던가. 그리고 그런 법륜의 무공과 재능은 확실히 가능성이 있었다.

게다가 대환단까지 복용한 법륜의 내력은 또래가 아닌, 강호행을 하는 절정고수보다 몇 배는 뛰어나리라. 그런데도 나락으로 떨어졌다는 말이다. 진학은 무공의 성취로 인간의 탈을 반쯤 벗어낸 자.

그런 그가 읽은 천기이니 확실할 것이다. 어쨌든 한쪽은 해결되었다.

진학이 나서서 법륜을 보호하기로 한 이상, 법륜에게 손을 댈 수 있는 자는 강호상에 몇 없다. 그럼 되었다.

"그럼 이제 문제는 저 구양세가로군."

"구양세가요?"

법오는 각선이 갑자기 구양세가를 언급하자 의아한 표정이다.

장경각에서 하루를 시작하고 마감하는 법오는 산문 밖의 소식에 어두웠다.

"비화군이 와 있다. 아주 대대적이지. 화륜대, 지륜대에 빈 객원까지 나섰으니 아마 쉽게 물러가진 않을 게야. 체면치레는 해야 할 것 아닌가."

"어째서 그들이 예까지 와서 분탕질을 친답니까?"

"깜깜하군. 전후사정을 모르고 있으니 탓할 수도 없고, 쯧. 법륜이 구양세가의 마인을 격살했다. 그것에 대한 분풀이인 게지."

각선은 법오에게 그간의 상황에 대해 짧게 설명했다.

'법륜 사제… 벌써 초절정이라니.'

법오는 법륜이 초절정이라는 것보다 무허를 죽음으로 몰아넣었던 마신을 몰아붙였다는 것에 더 큰 충격을 받았다. 법오가 계속해서 충격에서 헤어 나오지 못하자 각선은 옆에 세워놓았던 불장을 집어 들었다.

쿵.

불장이 바닥을 찍었다.

"내 자네에게도 증명할 기회를 주지. 소림의 수호자여, 녹옥불장의 명을 받들라."

법오는 눈앞에 보이는 불장에 무릎을 꿇고 앉았다.

"소림의 당대 수호자, 법오. 녹옥불장의 명을 받듭니다."

"수호자 법오는 지금 산을 내려가 비화군을 패퇴시키라. 백팔나한과 함께 움직이라. 그들이 물러나지 않는다면 살계를 허하노라. 소림 방장의 이름으로 명한다."

"그 명, 반드시 완수하겠습니다."

*　　　　*　　　　*

법륜은 새로이 무공을 정립해 갔다.

처음은 야차구도살이었다. 법륜은 기존의 야차구도살이 분명 강력한 무공이지만 한계가 존재한다고 생각했다.

그 이유는 명확했다. 야차구도살은 백보신권을 모태로 했다. 백보 밖의 적을 물리치는 신권이다. 야차구도살은 처음엔 그 묘리를 따랐지만 실전을 거치며 종국에는 전혀 다른 무공이 되었다.

오로지 근접 박투에만 초점을 둔 무공. 그것이 현재의 야차구도살이었다. 법륜은 야차구도살을 낱낱이 파헤쳤다.

'일초 십팔강격(十八强擊)과 이초 진공파(眞空破)는 그대로 둔다. 삼초식은 백보신권의 묘를 살리자.'

심상의 세계에서 법륜이 바로 섰다. 심상의 세계에서도 심생종기는 유효했다.

그간 익혀온 무공이 있기에 가능했다. 금강야차진기가 의념의 세계에서 흐르기 시작했다.

손을 뻗어내는 법륜이다. 처음은 백보신권이다. 과거에 이십보까지 경력을 내뿜었던 절세의 권법은, 작금에 와서는 팔십보를 격하고 날아갔다.

내력이나 깨달음이 모자라서 백보를 채우지 못한 것은 아니다. 단지 숙달이 되지 않았기 때문이다. 법륜은 계속해서 손을 뻗었다. 수십, 수백 번 만에 팔십보, 구십보, 백보를 격하고 권강이 날았다.

법륜은 여기에 변화를 가했다. 법륜의 어깨가 회전한다. 전사경이다. 송곳처럼 경기를 뿜어내는 십팔강격은 그대로 두고 백보신권에 전사를 섞었다. 전사를 섞자 거리가 줄어들었다.

법륜은 이 또한 충분한 연습으로 가능할 것이라 믿었다. 느리게 흐르는 심상의 세계에서 법륜은 고련에 고련을 거듭했다. 마침내 백보를 격하고 권강이 회전하며 날아갔다.

'삼초. 삼초는 천장나선탄(千丈螺旋彈)으로 하자.'

야차구도살 삼초가 만들어졌다. 단순히 심상의 세계에서 연습했을 뿐인데도 법륜의 전신이 땀으로 젖었다. 그만큼 심력을 많이 소모한 것이다.

비록 몸을 움직여 무공을 연마한 것이 아니니, 몸에 체득해 자유자재로 사용하기엔 시간이 걸리겠지만 법륜은 한 걸음 더 나아갔다는 것에 만족했다.

법륜은 계속해서 연구를 거듭했다.

그리고 그런 그를 멀리서 지켜보는 시선이 있었다.

"놀랍군."

법륜이 나무둥치에 몸을 기대고 심상의 세계에 젖어 있을 때, 소림의 장경각주이자 수호자인 진학은 그런 법륜을 보며 전율했다.

무허 대사가 가르쳤다는 이야기는 들었지만 실제로 보는 것은 처음이다.

진학이 법오에게 수호자의 임무를 넘겨주기 이전에는 몸을 숨기고 숨 죽여 살아야 하는 처지였던 까닭이다. 진학은 법륜이 무슨 일을 하고 있는지 아는 듯한 얼굴이었다.

'상단전이다. 상단전이 엄청나게 발달했어. 반야신공을 익혔었다고 했었지.'

진학은 조용히 법륜의 근처로 다가섰다. 아직까지 진학이 다가온 것을 눈치채지 못한 법륜이다. 진학은 법륜의 앞에 서서 조용히 몸을 관조했다.

'그릇이 깨졌다. 신공의 기운으로 그릇을 틀어막았어. 진원 진기를 가져다 썼군. 역시 그 수밖에 없나.'

진학은 가만히 눈을 감았다.

홀로 결정하기엔 사안이 너무 컸다. 그릇이 깨졌으니 억지로 이어붙이거나 아니면 새로운 그릇을 써야 한다. 환골탈태라도 해 육신의 상처를 수복한다면 모르겠지만, 그게 아니라면 역근세수경의 전수가 필요하다.

역근세수경의 전수는 당대의 수호자에서 다음 대 수호자로 한정한다. 그것이 원칙이다. 그런 원칙이 세워진 이유가 있다. 달마가 몸이 약해 수행에 지장을 받는 승려들에게 전수한 양생의 도인술이, 승려들이 수행을 마치고 중원 각지로 흩어지자 무분별하게 퍼졌던 것이다.

역근세수경은 신공이다. 소림의 신공이 무분별하게 퍼지자 중원 각지 사찰에서 살육이 벌어졌다.

신공을 차지하기 위함이다. 소림은 그 피해를 수습하는 데 엄청난 노력을 기울였다.

그런 이유로 절대의 원칙이 세워진 무공을 진학으로선 법오와 법륜 두 사람 모두에게 전수할 수 없었다.

"어찌할꼬. 눈앞에 있는 아해는 만신창이고, 내 등 뒤에 숨어 있는 호랑이는 눈을 잃었으니."

"누구시오."

여립산은 진학의 등 뒤에서 도를 겨누고 만일의 사태에 대비했다. 법륜은 몰아지경이다. 게다가 그릇이 깨져 내력을 한 줌도 수발할 수 없는 상태.

삼류무사의 허술한 일격이라도 허용했다간 사태를 돌이킬 수 없었다.

"그만 그 칼을 거두어라, 어린 호랑이야. 네 아비는 그래도 예의라는 것이 있었는데, 그 자식은 등에 칼부터 겨누는구나."

여립산은 진학의 말에 눈을 끔뻑였다. 어린 호랑이라니. 그리고 여기서 부친의 이야기는 왜 나온단 말인가.

"나를 알고 있나."

선친과 인연이 있다면 어린 호랑이란 당금의 백호방주인 여립산을 의미하는 것일 터.

허나 여립산에겐 눈앞에 정체불명의 노승이 누구인지 알 길이 없었다.

"허허, 끝까지."

진학은 잔뜩 경계하는 여립산을 보며 혀를 찼다. 텅 비어버린 오른쪽 눈이 안쓰러웠다. 부친과는 그래도 꽤 좋은 추억을 많이 가지고 있었던 터다.

"여군호가 그리 일찍 가지 않았다면 너와도 좋은 추억을 많이 만들었을 탠데. 그렇지 못한 것이 한이로다. 아이야, 나를 본 적이 없더냐."

"모르오. 모르니 정체나 밝히시오. 그렇지 않는다면 내 도가 당신의 등을 꿰뚫을 것이오."

"사숙. 도를 거두시지요. 이분은 적이 아닙니다."

어느새 심상의 세계에서 빠져나온 법륜이 둘을 보며 말했다.

"그렇다, 어린 호랑이야. 나는 적이 아니야. 눈을 잃어 많이 예민한 것 같은데, 백호도를 겨눌 곳은 이곳이 아니라 기련산의 마신이 아니더냐?"

여립산의 얼굴이 굳어졌다. 백호도까지 알아본다. 이자가 대관절 누구이기에 가문의 연원에, 그 부상까지 알아본단 말인가.

"본산에서 오셨습니까."

그런 여립산의 의문을 해소해 주기라도 하듯 법륜의 입이 열렸다.

"그렇다. 나는 소림에서 왔다. 진학이라는 법명을 쓰고 있다. 무허의 제자 법륜."

"역시 그렇군요. 처음 보았을 때부터 알았습니다. 참으로 그리운 향취로군요."

땀에 젖은 법륜의 얼굴이 처연한 빛을 띠웠다. 그리운 이름이다.

무허도, 소림도. 소림을 떠난 지 그리 오랜 시간이 흐르지도 않았건만, 소림이라는 이름은 법륜에게 향수를 불러일으켰다.

"그립다면 돌아가면 될 일이다. 허나 지금의 너에겐 허락할 수 없구나."

법륜과 진학, 둘 사이에 여립산이 급하게 끼어들었다. 진학의 말 때문이다.

"소림의 어르신이었군요. 그렇다면 제 선친과 연이 있다는 것은 충분히 이해하겠습니다만, 소림에 오를 수 없다니요. 그게 무슨 말씀입니까."

백호도를 도갑에 회수한 여립산은 진중한 얼굴로 진학에게 물었다.

"말 그대로다. 지금의 소림은 혼란스러워. 그 혼란에 너희 둘이 일조한 것이 크다. 그러니 지금 당장 소림에 오를 수 없음이야. 문제는 이 아해인데……."

진학의 눈이 깊어졌다.

그렇다. 문제는 법륜이다. 법륜이 가졌던 무공이다. 그의 쓰임새가 아직 다하지 않았기에, 법륜이 일어서야 했으며 그가 가졌던 무공이 필요했다.

인간의 탈을 반쯤 벗어던져 천기마저 엿보는 진학이다.

인간사 짧은 운명을 들여다보는 것은 일도 아니다. 아마 다른 구파에도 자신 같은 자가 네댓 명은 될 터. 그런 자들 또한 현재 법륜과 소림을 주시하고 있었다.

직접 보지 않아도 알 수 있다. 진학에게 그 보이지 않는 시선이 집요하게 달라붙은 탓이다.

"어찌한다."

"무엇을 말이십니까."

법륜의 맑고 깊은 음색이 노승의 정신을 일깨운다. 이 아이는 확실히 지금껏 보아온 소림의 어떤 제자와도 다르다. 제자로 삼은 법오도 자신이 원하는 수준까지 따라와 주기는 했지만 이 법륜이란 아해는 불가해한 존재처럼 모든 것을 꿰뚫어본다.

"너는… 모두 다 알고 있구나."

"그저 짐작할 뿐이지요."

법륜의 담담한 음성에 진학은 답답한 얼굴이 되었다.

"그런데 왜 아무 말도 하지 않느냐. 너는 분명히 알고 있다.

나는 그것을 알아. 네가 나에게 역근경을 요구했다면, 나는 무언가에 홀린 것처럼 너에게 무공을 넘겼을 게다. 어째서 그리하지 않느냐?"

"저는 모든 것에 그만한 이유와 대가가 따른다고 배웠습니다. 선사께서 전해주신다면 감사히 받겠으나, 그것이 꼭 좋은 것만은 아니겠지요."

무공을 잃고 눈앞에 그것을 회복할 수단이 놓였다. 그런데도 법륜은 흔들리지 않는다.

다시 무공을 익히게 될 거라면 반드시 그렇게 될 것이다. 법륜 또한 스스로의 운과 명이 여기서 끝날 거라는 생각은 하지 않았던 까닭이다.

"안 되겠다. 그냥 전해야겠어. 능구렁이 같은 방장이야 알아서 모른 척할 테지. 모르겠도다. 이게 잘하는 짓인지 모르겠어."

진학은 품에서 보자기로 곱게 감싼 서책 한 권을 꺼냈다. 그간 방장과 원로원올 어떻게 설득할지 고민이었는데, 이 아이가 이렇게 영민하다면 그냥 넘기는 것도 나쁜 선택은 아닐 것이다.

방장은 눈감아줄 것이다. 그러면 원로원은 더 쉽다. 방장이 녹옥불장을 들고 나타나면 그러시오 할 위인들이니까.

"역근과 세수의 필사본이다. 머릿속에 넣는 즉시 불태워라.

그리고 어린 호랑이야. 너는 이것을 받아라."

진학은 다시 품에서 작은 보자기 하나를 꺼냈다. 호랑이의 눈에 상처가 난 것을 알고 장경각에서 급하게 찾아 온 물건이다.

진학은 여립산을 제대로 보지도 않고 보자기를 던졌다. 보자기를 가볍게 받아 든 여립산이 물었다.

"이게 뭡니까."

"낭아감각도(狼牙感覺道)다. 전대 낭인왕의 진산절기다. 지금은 맥이 끊겨 사장되었으니 그것을 익히면 네놈이 계승자다. 그러면 네놈의 핏줄이 그 일맥이 되겠지."

진학은 엄청난 가치의 무공을 넘기면서도 대수롭지 않은 듯 말했다.

"아마 익히기 쉽지 않을 거다. 둘 다, 한 몇 년 푹 썩다 나와라. 그때쯤이면 내 다음 후계자도 어느 정도 완성되어 있을 테고, 작금의 상황도 꽤 정리되어 있을 테니까."

"어디로 가는 것이 좋겠습니까."

낭아감각도를 받아 든 여립산이 감격한 얼굴로 진학에게 답을 구했다.

"이곳 서안도 좋겠지. 네놈들의 부상을 치료한 곳이라던지. 그도 아니라면 이름 없는 산중도 좋겠고. 어쨌든 청해나 하남에 발을 들이지 마라. 스스로의 무공으로 마신을 잡을 수 있을 거라는 확신이 선다면 그 후엔 너희들이 스스로 선택해. 내가 해줄 말은 여기까지다. 시간을 너무 지체했어. 나는 산으로 돌아간다. 부디 몸 성히 돌아오라."

그렇게 진학은 미련 없이 떠났다. 여립산이 산 밑 관도로 배웅하려 했지만 엄청난 경신법으로 순식간에 멀어졌다. 하남에서 서안까지, 그 먼 길을 그저 무공을 전하기 위해 왔다니 감사할 따름이다.

법륜은 자리에서 일어나 멀어져 가는 진학을 향해 합장해 보였다.

눈으로 보지 못해도 몸으로, 마음으로 느낄 터다.

그렇게 법륜은 다시 날개를 달았다.

*　　　　*　　　　*

도상촌(桃上村).

법륜과 여립산이 소림의 장경각주 진학을 만나고 머무른 곳이다. 도상촌은 서안의 지도에도 표시되지 않은 아주 작은 마을이다.

산골마을이 그렇듯 외지인에 대한 경계가 없었던 것은 아니지만 그 문제는 가볍게 해결되었다.

"이 빌어먹을 새끼들, 내 다시는 찾아오지 말라고 했더니 며칠 되지도 않아서 찾아와?"

마의(魔醫) 가염운은 역정을 냈다.

여립산은 그런 가염운의 말을 웃음으로 때울 수밖에 없었다. 자신과 법륜, 가염운의 관계를 생각해 봤을 때 좋지 않았다.

소림 본산의 제자와 그 속가 제자, 그리고 사람의 생명을 아이들의 장난감 다루듯 해 무림의 공적이 된 마의.

그럼에도 여립산은 마의 가염운을 찾아올 수밖에 없었다. 이곳 서안에서 믿고 의지할 수 있는 자는 더 없었다.

"어르신. 잠시만 머물겠습니다. 마을에서 지내지 않을 겁니다. 뒤에 보이는 산에 올라가 내려오지 않을 테니 그리 역정 내지 마십쇼. 그저 한동안 먹을 양식만 챙겨주시죠."

여립산의 단호함에 가염운은 입을 다물었다. 날강도가 따로 없었다. 가염운은 손을 내저었다.

"꺼져. 구파랑 엮이면 이래서 안 된다니까. 나는 자네들 못 본 거야. 먹을 것이야 창고에서 꺼내 가든지 말든지 알아서 하고 다시는 볼 일 없었으면 좋겠네."

그렇게 법륜과 여립산은 산에 올랐다.

산에 오르는 것은 어렵지 않았다. 애초에 높은 산도 아닐뿐더러 촌민들이 나물을 캐고 사냥꾼이 덫을 놓아 작은 짐승들을 잡는 산이다. 맹수가 없으니 산을 돌아다니는 것도 자유로

웠다.

"더 깊숙이 들어가야겠습니다. 금세 눈에 띌 거예요. 인구의 유동이 적은 곳이라지만 지금은 작은 것 하나 가볍게 여길 수 없습니다."

여립산은 법륜의 말에 동의했다.

지친 몸을 이끌고 안으로, 더 안으로 들어갔다. 그렇게 깊숙이 산속으로 들어가 인간의 흔적이 끊긴 다음에야 두 사람의 발이 멎었다.

"이쯤이면 괜찮겠군. 자네는 일단 좀 쉬고 있게. 한동안 머물 곳을 만들어야 하니 빨리는 안 되겠지만 차차 해봄세. 일단은 움막이라도 지어야겠군."

여립산은 백호도를 뽑아 주변의 나무들을 베어냈다. 신병에 가까운 백호도가 비명을 질렀다. 한동안 같은 신병과 마주하는 대신 풀뿌리나 나무를 상대해야 하는 그 자신의 운명을 아는 것인지.

법륜은 자신의 운명과 백호도를 쥐고 흔드는 여립산의 운명은 어찌 될 것인지 생각했다.

"결코 이대로 끝나게 두지 않겠습니다, 사숙."

잠시만에 그럴듯한 움막이 만들어지자 법륜은 그 안에 틀어박혀 역근세수경에 몰두했다. 혹자는 역근세수경을 절세의 신공이라 부르고, 어떤 이는 그저 양생의 도술이라 부른다.

법륜은 세인들의 시선이 어찌 그리 다른지 역근세수경의 구결을 직접 보고 나서야 알았다.

역근세수경은 양생의 술이기도 하고, 신공이기도 하다. 그 답은 역근세수경이 가져다주는 묘용에 있었다.

역근(易筋).

역(易)이란 고치고, 바로잡는다는 뜻이다.

바로잡는 것은 근(筋)이다.

근은 인간 육신의 골육(骨肉)을 뜻한다. 역근이란 말 속에, 어떻게 하면 인간의 육신을 효율적으로 조율할 것인지에 대한 고찰이 담겨 있었다.

세수(洗隨).

씻고 따르게 한다. 세수경을 풀이한 법륜이 내린 결론이다. 씻는 것은 육신이다. 세수경은 인간의 골육을 씻는 것이 아니라, 몸안에 존재하는 오장육부, 사지 백해를 씻는다. 기의 흐름을 관조하고 깨끗하게 씻어낸 혈(穴)에 진기가 자연히 따르게 한다.

역근세수경은 그런 무공이다.

"그래서였는가."

고개를 끄덕이는 법륜이다. 그토록 매달렸던 방도가 눈에 보이는 듯했다.

법륜은 움막에 들어앉아 역근세수경의 구결을 다시 살펴보았다. 혹시나 놓친 부분이 있을까 해서였다. 허나 역근세수경의 그 구결은 생각보다 복잡하지 않았다.

몸을 바로잡고 기의 흐름을 원활히 한다. 양생의 도에서 시작된 무공이라더니 그 이상을 절대 벗어나지 않는다. 작금의 발전된 무공이 파괴와 살육에 초점이 맞추어져 있다면 역근세수경은 자신을 돌보는 것에 몰두한다.

그럼에도 역근세수경이 신공이라 불리는 이유.

그것은 육신의 내외를 돌보는 것에 있었다. 무공을 익힌 무인들이 역근세수경을 보았다면 신공이라 했을 터다. 무공을 익히지 않은 자들이 보았다면 이것은 그저 양생술이다.

몸을 돌보는 것.

무공을 익힌 무인에게 그것보다 중요한 것이 있을까. 무공이란 힘이 언제부터 인간에게 주어졌는지 모르겠으나, 그 파괴적인 힘은 인간의 육신에 언제나 부담으로 작용한다. 커다란 힘에 그만한 반작용이다.

그렇기에 신공이라 불리는 게다. 파괴적인 무공을 구사하고도 육신에 부담을 느끼지 않는다. 신공을 익히지 않은 자들과 비교했을 때, 그 격차는 어마어마하게 나타나리라.

법륜은 역근세수경에 담긴 무리를 차분히 떠올렸다.

내외겸수(內外兼修).

역근세수경을 한마디로 표현하자면 내외겸수라는 말이 적절했다. 자연히 소림에서 배운 무리들이 뒤따랐다. 소림의 무공 또한 내외겸수를 준수한다.

기본에 충실한 무공.

기초부터 단단하게 다지고 올라가는 소림의 무공은 정기신의 조화를 최우선으로 한다.

그 기본에 충실하기에 소림이 현재의 위치를 지킬 수 있는 게다.

"이걸로 단전은 회복이 가능하겠지만… 예전의 무공을 되찾기엔 한참 모자라겠어."

문제는 따로 있었다.

속도였다. 무공을 잃지 않은 상태였다면 역근세수경은 신공으로써의 값어치를 충분히 했을 것이다. 하지만 무공을 잃은 지금은 아니다.

그저 몸을 돌보는 무공이기 때문이다. 이 길로 정진한다면야 과거의 무공을 되찾는 것도 불가능한 일은 아니겠으나, 십 년이 넘는 세월을 기약해야 했다.

'그래서는 안 되지. 앞으로 일이 년 안에 모두 되찾아야 해.'

법륜은 다시 역근세수경에 파고들었다.

시작은 단전이다.

법륜의 단전은 진원진기를 끌어냄으로써 그 명을 다했다.

본디 더 이상 무공을 익힐 수 없는 지경에까지 이르렀으나 몸에 남아 있던 대환단의 약력이 불가능을 가능케 했다. 현재는 역근세수경의 기운이 깨진 단전을 감싸 안아 더 큰 단전을 새로이 만들어 가는 과정이다.

법륜은 이점에 주목했다.

깨어진 그릇을 대환단의 약력이 감싸고 있다면, 단전을 감싸고 있던 약력과 세수경으로 새로이 쌓은 진기를 대체할 수 있지 않을까. 그렇다면 역근세수경이 아니라 금강야차공의 진기를 운용할 수 있을지 모른다.

법륜은 곧바로 시도했다.

며칠간 모은 세수경의 내력이 대환단의 약력으로 스며들었다. 단전을 감싸고 있던 세수경의 내력이 약력을 조금씩 밀어내고 그 자리를 차지했다.

'그렇지. 조금씩 바꿔가는 거야.'

대환단의 약력이 아닌 세수경의 내력으로 단전을 유지한다. 그리고 생명의 기운 대신 대환단의 약력을 가두어둔다. 그 위에 다시 금강야차진기의 내력을 쌓아 올린다. 법륜이 생각한 과정이고 결과였다.

법륜의 손에서 미약한 진기가 솟아났다. 강기를 발현할 수 있을 정도의 깨달음이 있기에 실낱같은 진기라도 고도로 압축해 발현할 수 있었다.

'그다음은 법륜구절이다.'

법륜은 역근세수경의 수련을 마치자마자 움막을 벗어났다.

내외겸수 중 내(內)를 실천했으니, 외(外)를 행하기 위해서다. 그의 온 신경은 법륜구절에 가 있었다. 심상의 세계에서 빚어낸 무공이 현실에서 발현됐다.

기의 유동을 행하지 못하기에 그저 뻗어나갈 경로를 그려보는 것에 불과했지만 법륜에겐 충분히 힘겨운 일이었다. 법륜의 몸이 아직 정상적인 상태가 아니었던 까닭이다.

법륜의 몸에서 열기가 뿜어졌다.

앞으로 짧으면 일 년, 길면 이 년이다. 그 시간을 기약한 이유. 지금은 도상촌에서 벗어나 있는 사숙, 여립산 때문이다.

언제까지 사숙을 붙잡아둘 수는 없다. 섬서에 자신을 기다리는 문도와 가족이 있는 분이 아닌가. 게다가 자신을 살리기 위해 한쪽 눈까지 잃으신 분이다.

'이 이상은 정말 민폐다. 내가 빨리 자리를 잡아야 해.'

그는 지금 어디에 있는지. 낭아감각도를 수행하기 위해 감숙을 떠돌고 있는 백호가 너무도 그리웠다.

*　　　　*　　　　*

감숙성은 크다면 크고, 작다면 작은 곳이라 할 수 있었다.

중원의 중심부와 변방을 나누는 경계.

거대 방파가 자리 잡지 않은 이곳은 거듭되는 군소방파의 난립으로 힘겨운 시기를 보내고 있었다.

군웅할거(群雄割據).

그 모습을 가장 잘 보여주는 곳이 낭인 시장이다. 감숙의 낭시(狼市)는 그 규모는 작지만, 매일같이 싸움이 벌어지는 곳이다 보니 그 수준만큼은 상당했다.

여립산은 낭시에 발을 들이며 지난 며칠을 상기했다.

소림의 장경각주 진학이 던져준 무공, 낭아감각도는 난해한 무공이었다. 감각도(感覺道)란 말에서 그 사실을 알아차려야 했다.

감각의 도.

인간의 감각이란 오감(五感)을 뜻한다. 보고 듣고, 냄새를 맡고 맛을 보며 촉감을 느낀다.

낭아감각도는 인간의 오감을 증폭시키는 구결이었다. 처음 낭아감각도의 구결을 접하고 펼쳐냈을 때 여립산은 헛구역질을 했다.

모든 것이 과했던 탓이다.

이제 한쪽 눈으로밖에 볼 수 없었던 여립산은 하나 남은 눈이 자신의 손등을 향하자, 아로새겨진 피부의 진짜 모습에 경악했다. 평소라면 얼굴을 찌푸리고 넘어갔을 냄새도 구역질을 하게 만들었다.

낭아감각도는 그런 무공이었다.

초절정고수가 전력을 다해 익혀도 몇 년이 걸릴지 모르는 무공. 아니, 애초에 이것을 무공이라 부를 수 있을까. 도상촌에 잠시 머무르는 동안 법륜과 함께 수련에 수련을 거듭한 여립산이다.

낭아감각도도 법륜의 역근세수경처럼 보통 무공이 아니다. 역근세수경이 무인에게 환골탈태에 버금가는 공능을 선사하는 신공이라면, 낭아감각도는 오감의 증폭을 넘어서 육감을 발현하게 해주는 신공이었던 까닭이다.

요체는 생각보다 간단했다.

여립산은 이제는 보이지 않는 오른쪽 눈에 기감을 집중했다. 내력을 운기해 감각에 영향을 주는 혈을 은근하게 자극한다. 그것이 감각도의 요체였다.

여립산은 증폭된 감각을 조절하느라 안간힘을 썼다. 하나가 제자리를 찾으면 다른 하나가 폭주하는 일이 빈번했다.

낭시로 향하는 와중에도 끊임없이 수련을 행했지만, 여립산은 끝끝내 한 가지 이상의 감각을 제 의지대로 부릴 수 없었다.

"뉘슈?"

"낭시에 칼을 차고 들어왔으면 뻔한 것인데 뭘 묻소."

여립산은 증폭되는 감각을 조율하면서 답했다. 하나 남은 눈이 번뜩이며 안광을 뿌렸다.

'무슨 눈빛이······.'

감숙 낭시의 총관인 흑사(黑蛇)는 침을 꿀꺽 삼켰다. 감숙 낭시에 이런 자가 있다는 소리는 들어본 적이 없었다. 두터운 짐승 가죽으로 몸을 감싼 외눈의 거한은 무엇이 그리 불만인 지 자꾸 인상을 써댔다.

"뭐 하쇼. 안내 안 하고."

여립산은 일부러 흑도의 왈패 같은 모습을 흉내 냈다. 지금 여기에 백호방주는 없다. 그와 법륜이 중원의 이목을 집중시 켜 놓았으니, 귀찮고 위험한 일을 피하려면 이렇게 행하는 게 옳았다. 그래서 여립산은 오직 무공을 팔아 돈을 좇는 낭인이 되었다.

흑사는 여립산을 안쪽으로 안내했다.

"의뢰는 어떤 쪽을 선호하시오? 상행? 아니면 호위?"

"의뢰라. 재미있는 것. 그리고 돈이 되는 것."

흑사는 여립산에게 종이 하나를 내밀었다.

"재미있고 돈 되는 것은 이것뿐이니 하려면 하고 말려면 마 시오. 뭐, 나는 안 하는 쪽을 택하겠지만. 시간 낭비요."

한쪽 눈으로 종이에 쓰인 글을 읽던 여립산은 피식 웃고 말 았다. 흑사의 말이 맞다. 그야말로 돈 낭비, 시간 낭비다.

의뢰 갑(甲).

감숙(甘肅) 공동산(崆峒山) 절림곡(折林谷).

음양쌍두사(陰陽雙頭蛇) 출(出), 진위 여부 확인.

및 천지구절영초(天地九折永草) 존재 여부 확인.

착수금 은 열 냥, 성공 보수 은 일천 냥.

의뢰주 사천당가(四川唐家).

"천지구절영초라. 그런 것이 실재하기는 하나?"

흑사는 여립산의 반응에 당연하다는 듯 대꾸했다.

"물론, 그것은 실존할 수도 아닐 수도 있소. 의뢰주는 실존
한다고 믿기에 의뢰를 했을 뿐이고, 의뢰를 받는 사람은… 생
각하기 나름 아니겠소."

"공동산이라. 음양쌍두사 같은 것이 있었다면 공동파가 가
만히 있었겠냐마는……."

여립산은 생각에 잠겼다. 음양쌍두사 같은 영물이 없다고
생각하기엔 강호가 너무 넓었다.

자신이 보고 듣지 못했던 것 중에서 저런 것, 한둘쯤 있다
고 해서 이상한 것은 아니리라.

게다가 의뢰주가 당가다.

암기와 독술로 이름을 떨친 사천당가. 당가에서 공동산 절

림곡을 콕 찍어 의뢰를 했다면 영물과 영초가 존재할 가능성도 충분히 존재했다.

"이상하군."

"무엇이 말이오?"

흑사는 한참을 생각에 잠겨 있던 여립산이 말문을 열자 기대감이 잔뜩 일었다.

이 의뢰는 아무도 받으려 하지 않는다. 사천당가가 의뢰를 했다지만 저런 영물이 평범한 낭인들 눈에 띌 가능성은 전무했던 탓이다.

영물의 내단과 영초를 얻는다 해도 문제다. 보물은 언제나 피를 부른다. 보물을 얻었다는 소문이라도 나면 쥐도 새도 모르게 죽는 수가 있다.

"당가는 왜 직접 나서서 하지 않지?"

"허. 나름 칼밥 먹은 사람인 줄 알았는데 초짜로군?"

"초짜라? 뭐 그럴 수도 있지. 대체 왜 그런 거요?"

"생각해 보시오. 공동산에는 공동파가 있소이다. 구파 중 말석이라 하나, 자신의 영역을 침범하는 팔대세가를 좋게 볼 리 없지 않소이까. 그러니 낭인을 고용하는 게지."

"구파라……."

그래서 더 이상했다. 당가에서 위치까지 다 알면서 그 보물을 포기할 리 없다. 그런데 이렇게 공개적으로 위치를 까발린다? 그 사실을 공동에서 모를 리 없다. 제자 하나만 산에서 내려와도 떠도는 소문의 진위 확인은 금세 할 테니까.

게다가 당가가 영물의 존재에 대한 소문을 냈으니, 의뢰를 받지 않고 누구나 산에 오를 수 있게 되었다. 어중이떠중이가 산을 헤집고 다닐 터인데 공동이 잠자코 있는 것이 여립산으로선 의문 그 자체였다.

"의뢰는 됐고, 재미나 좀 봐야겠군. 다음에 또 들르지."

여립산은 손을 흔들며 그대로 돌아 나갔다. 감각도를 수행하기 위해 아주 낮은 단계부터 실전을 거치려 들른 낭시에서 흥미를 얻었다. 일이 아주 재미있게 돌아간다.

'당가에서 의뢰를 했으니 진위 여부를 떠나서 무언가 노림수가 있다는 건데… 일단은 공동산에 오르는 것이 먼저겠군.'

"영물이라. 실존했으면 좋겠군."

여립산은 그길로 공동산으로 향했다.

그가 영물을 탐내는 것은 다른 이유가 아니다. 지금도 도상촌 산골짜기에 틀어박혀 무공을 되찾기 위해 노력하고 있을 사질, 법륜을 위해서다.

몸이 멀어지면 마음도 멀어진다는 말과는 별개로, 서로를 생각하는 두 숙질의 마음은 한없이 깊어만 갔다.

＊　　　＊　　　＊

법륜은 여느 날과 다름없이 움막에서 벗어났다. 계절이 네 번이 바뀌며 한 해가 흘렀다. 법륜의 안색은 일 년 전과 별반 차이가 없었다. 끊임없는 연공에도 단전을 회복해 나가는 과정에는 속도가 붙질 않았다.

거기에 얼굴에 한줄기 근심이 달라붙어 떨어질 생각을 안 했다. 그의 근심은 일 년 전, 감각도를 수행하겠다며 밖으로 나간 사숙, 여립산 때문이었다. 그는 일 년 동안 감감무소식이다.

"어디에 계시는지. 무사히만 돌아오십시오."

법륜은 하늘을 보며 한번 합장해 보인 후, 언제나 그렇듯 역근경을 풀어갔다. 법륜의 육체는 이제 역근경을 풀어나가는데 어색함이 없었다. 다만 동공을 행함에 있어 진기가 움직임을 따르지 못하니 효과가 반감되고 있었다.

허나 그 변화가 아예 없었던 것은 아니다.

가장 두드러진 변화는 육신의 변화였다. 내력의 연마와는 달리 육신은 혹사시킬수록 강해진다. 처음 마신과의 일전에서 패한 뒤, 마의의 의방에서 두 달간 누워 있던 때와는 차원이 달랐다.

역근경 동공의 영향으로 온몸에 오밀조밀한 근육이 들어찼다. 이전보다 더 질기고 부드러운 근육이다. 비록 내력을 제대로 수발할 수는 없지만 새로운 투로와 초식을 연마하는 것에는 부족함이 없어진 것이다.

법륜은 역근경의 수련을 마친 후 기수식을 세운 채 자리에 바로 섰다.

이제부터는 법륜구절을 연마할 시간이다.

법륜의 진산절기나 다름없는 법륜구절은 일 년간 엄청난 변화를 이루어냈다.

처음 법륜구절을 만들 때, 법륜은 소림의 무공과 부친인 천주신마의 무공을 섞어 무공을 만들었다. 그 무공은 확실히 강력했다.

허나 이제는 확실하게 안다. 구양백이 어째서 자신의 무공이 소림의 무공보다 못하다고 평가했는지 너무 확실하게 알았다. 법륜의 무공은 한계가 명확했기 때문이다.

그러면서 든 생각은 과연 소림이라는 것이다.

소림의 무공이 어째서 살기가 없는지, 그러고도 정도 최고의 무문으로 평가받는지. 한계가 없기 때문이다. 뜬구름 잡는 부처의 무공이라든지, 불법의 힘이라는 어처구니없는 이야기가 아니다.

바른 것은 언제나 바르다. 밑에서부터 차근차근 단계를 밟기 때문이다. 그렇기 때문에 파탄이 없고, 항상 같은 위력을 낼 수 있는 것이다.

부친의 마공도 마찬가지다. 법륜은 패사한 구양선을 떠올렸다.

남환신공을 마공으로 전환해 강력한 진기를 지니게 되었지만 기초가 없기에 법륜에게 너무 손쉽게 패했다. 마공이라 불리는 무공이 어째서 정도의 무인들에게 그토록 배척받는지 법륜은 그 일로 명확하게 알 수 있었다.

한계는 여기에 있었다.

소림의 무공과 천주신마의 무공. 아무리 소림의 무공을 기본으로 마공의 형을 섞고, 심생종기로 의를 세웠다지만 이미 정도에서 벗어난 게다. 본래라면 장대하게 뻗어나갈 탄탄대로에서 샛길로 빠진 셈이다.

그래서 법륜은 그의 무공을 바꾸고자 했다.

단전이 망가져 애초에 진기를 수발할 여력이 없으니, 육신의 움직임을 극대화하고 새로이 형을 잡는다. 그렇게 법륜은 법륜구절의 무공에 몇 가지 초식을 더했다. 단전이 온전한 상태로 돌아와야 그 위력을 실감할 수 있겠지만 법륜은 자신이 있었다.

법륜은 눈을 감고 심상의 세계에서 자신의 움직임을 그려보았다.

"땡중 놈아."

"가 공."

법륜은 심상의 세계에서 급격하게 빠져나왔다.

마의 가염운은 심각한 표정으로 법륜의 앞으로 다가섰다. 법륜은 종종 법륜이 머무는 산속의 움막과 의원을 드나드는 가염운이 낯설지 않았으나, 그런 그의 표정은 처음 보는 것이었다.

"어찌 그리 급하십니까. 무슨 일이 있으신 겁니까?"

"큰일 났다. 여가 놈이 돌아왔어."

"사숙이!"

법륜은 지난 일 년간 소식이 없던 여립산이 돌아왔다는 말에 탄성을 터뜨렸다. 동시에 의아한 표정이 되었다.

"사숙이 돌아왔는데 어찌 큰일이랍니까."

가염운은 입을 열기를 주저했다.

"그게… 그놈이 상태가 좀 안 좋다."

가염운의 말에 법륜은 해연히 놀라 산 아래로 달리기 시작했다. 진기를 잃었지만 육신의 단련을 게을리하지 않은 것에 대한 보상인지, 법륜의 움직임은 쾌속하지는 않았지만 결코 느리지 않았다.

"이놈아, 천천히 가라!"

가염운은 법륜의 뒤에서 고래고래 소리를 지르며 뛰어갔다.

'사숙, 어째서.'

법륜은 산 밑으로 달리는 내내 마음속에서 일어나는 오만

가지 생각에 얼굴을 찌푸렸다. 그간 한없이 수련해 왔던 평정심이 무용지물이다. 마침내 당도한 마의 가염운의 의방. 법륜은 의방의 문을 걷어차듯 열고 들어섰다.

"사숙!"

"아아."

여립산은 가염운의 말과는 달리 상태가 그리 나빠 보이지 않았다. 다만 얼굴이 굉장히 창백한 가운데, 푸르스름한 기운이 온몸에 어려 있었다.

'독기……?'

법륜은 여립산의 상세를 자세히 살폈다. 의원으로서 내세울 만한 재주는 없었지만 기운에 그 누구보다 민감한 법륜이다. 여립산이 온몸에 퍼진 독기를 몸에 지닌 내력으로 억누르는 것이 여실히 느껴졌다.

"독기가… 이게 대체 어떻게 된 일입니까……."

"지금은 이야기하기 조금 힘드니, 나중에 이야기해 줌세. 마의는 어디 계시는가. 갑자기 뛰쳐나가시더니… 자네가 온 것을 보니 그리로 간 모양이군."

"마의께서는……."

법륜이 말을 마치기도 전에 마의가 문을 벌컥 열고 들어왔다.

"젠장."

"아니, 의원이 의방을 비우면 어쩌자는 말이오? 환자가 왔으면 환자부터 봐야지, 왜 사질에게 뛰어가고 그러시오."

여립산은 독기를 억누르는 와중에도 약간은 여유가 있는지 가염운에게 농을 건넸다. 여립산의 농에도 가염운의 얼굴은 펴지질 않았다.

"다 죽어가는 새끼가 말은 잘한다. 내가 왜 이 땡중 놈에게 뛰어갔냐고 물었지. 이 땡중 놈이 그래도 정은 있는지, 지 사숙 놈 언제 오는지 시시때때로 찾아왔다. 그런데 네놈이 그렇게 죽는 얼굴을 하고 돌아왔으니 어찌 안 알리겠느냐."

여립산의 일그러진 얼굴에 옅은 미소가 피어났다.

"됐고, 상처나 좀 봐주시오. 일 년간 너무 몸을 험하게 굴렸어. 사질도 잠시 진정하고 치료 후에 다시 대화함세."

여립산은 그대로 의방의 침상에 드러누웠다. 가염운은 혀를 끌끌 차며 침을 꺼내 여립산의 몸 곳곳에 박아 넣었다.

"잠시 나가 있어라 땡중. 독기가 퍼질 테니 멀리 떨어져 있게."

법륜은 그런 여립산을 일견하고 밖으로 나와 자리를 잡았다. 가염운은 법륜이 나가는 것을 보고 입을 열었다.

"저놈이 걱정이 많았다. 하루에도 몇 번을 하늘을 올려다보며 사숙을 찾더라. 이 산도적 같은 놈이 뭐가 좋다고, 쯧."

여립산은 가염운의 핀잔에 그저 웃을 뿐이다.

일 년간 낭시를 전전하며 강호를 돈 보람이 있었다. 여립산은 일 년 전부터 지금까지, 당가가 감숙 낭시에 의뢰한 음양쌍두사에 대한 의뢰를 쫓았다. 물론 정식으로 의뢰를 받지는 않았다.

처음에는 그저 가벼운 생각으로 행한 일이었다. 공동산에 들어서 음양쌍두사의 흔적을 찾기를 한 달. 여립산은 당가가 내건 의뢰가 그저 눈속임이 아님을 알았다. 음양쌍두사는 실재했다.

허나 그는 섣불리 판단하지 않았다.

저런 영물이 산에 똬리를 틀고 있는데 공동파에서 그것을 몰랐을 리 없다.

여립산은 그 즉시 산을 내려와 하오문을 찾아갔다. 그리고 그곳에서 그는 한 가지 결론을 얻었다.

'당가가 감숙 진출을 노리고 있다.'

그제야 답이 보이는 듯했다.

당가의 입장에서 공동산에 존재하는 영물은 사실 있어도 그만, 없어도 그만이다. 단지 시선을 돌릴 곳이 필요했을 뿐이다.

감숙은 속세에 잘 관여하지 않는 공동파를 제외하면 커다란 방파가 존재하지 않는다. 그렇기에 낭시가 그렇게 발달한 것이 아니었던가. 당가는 무주공산이나 다름없는 감숙이 탐이 났으리라.

허나 팔대세가와 구파의 관계가 언제나 그러하듯, 당가는 눈치를 볼 수밖에 없었다.

그래서다. 당가가 말도 안 된다 생각했던 의뢰를 낭시에 버젓이 걸어놓은 것은.

당가는 공동과 감숙의 무인들의 시선을 영물에 돌려놓고 물밑 작업을 계속했다.

당가의 속문이나 다름없는 곳들을 이용해 조용히 감숙을 자신들의 세력으로 물들였다.

여립산은 그 모습을 보며 공동파에 대한 평가를 수정했다.

공동의 검은 사납고 매섭지만, 이런 계략에는 무척 약한 면모를 보였다.

당가의 마수가 턱밑까지 들어왔는데도 아무런 움직임이 없기 때문이다.

'조만간 구파의 이름이 바뀌겠구나.'

여립산은 그렇게 생각했다. 그는 그길로 공동산에 올랐다. 한적한 곳에 자리를 잡고 음양쌍두사에 대한 연구와 감각도의 수련에 집중했다. 그렇게 보내길 몇 달. 여립산은 자신감이 충만했다.

그는 곧장 음양쌍두사를 추격했다. 그리고 그 거대한 머리통에 백호도를 꽂아 넣었다. 천지구지영초도 무사히 수습했다. 거기까지는 무척 수월했다. 여립산은 자신에게 천운이 따른다고 생각했다. 허나 문제는 다른 곳에서 발생했다.

공동파.

공동파는 음양쌍두사에 대한 존재를 모르고 있었던 것이 아니었다. 거기에 당가의 작태까지. 공동파는 여립산의 존재를 모른 척했다. 대신 당가에 그에 대한 소문을 흘렸다. 감숙성 낭시에 여립산에 대한 소문이 돌았다.

당가의 무인들은 여립산의 존재보다도 그가 지닌 영물의 내단과 영초에 더 관심이 많았다. 여립산의 중독은 그렇게 시작된 것이다.

여립산은 당가의 추격을 뿌리치며 육 개월을 감숙성을 떠돌았다. 소문을 타고 어중이떠중이 낭인들도 달라붙었다. 그러는 와중에 새로운 별호도 붙었다.

독안도(獨眼刀).

여립산은 헛웃음을 흘리며 마의가 있는 곳으로 돌아왔다. 당가의 무인들을 상대하느라 몸에 쌓인 독기의 여파를 채 지우지도 못하고 돌아온 것이다. 품에 법륜에게 안겨줄 선물을 가득 든 채로.

가염운은 여립산의 독기가 어느 정도 해소되었다고 생각했는지, 입에 환 하나를 물리고 물러났다. 지금부터는 운기를 통해 내력으로 독기를 태우는 것이 더 확실하고 간편했다.

"끝나면 불러라. 그때 다시 한번 보자."

여립산은 고개를 끄덕이곤 가부좌를 틀었다.

그러곤 품속에 만져지는 목함의 감촉을 손으로 느꼈다. 그도 무인이기에 욕심이 없었던 것은 아니었다. 내단과 영초. 그둘 중 하나만 취해도 지금보다 몇 배는 강해질 수 있었다.

"부질없는 생각이지."

여립산은 이 모든 욕심이 부질없다는 생각을 지울 수 없었다. 무공보다 사람이 우선이다.

천하제일의 무공을 쌓아 천하를 홀로 제패한다? 얼마나 어리석은 생각인가. 그보다 여립산은 주변의 친우들과 정을 나누며 행복하게 사는 것이 더 좋았다.

그래서 당가의 추격을 받으면서 몸에 상처를 입고, 독에 중독되면서도 끝까지 영초를 복용하지 않았다. 그랬다면 훨씬 더 빠르고 쉽게 벗어날 수 있었겠지만 그뿐이다. 단순한 시간의 문제다. 그리고 그 결과로 자신은 이렇게 무사히 마의가 머무는 의방에 앉아 있지 않은가.

'일단은 몸부터.'

여립산은 운기에 집중했다. 백호의 공력이 몸을 타고 휘돈다. 감각이 확장됐다. 백호의 내기와 감각도의 구결은 궁합이 잘 맞았다.

딱히 큰 성취를 본 것이 아닌데도, 스스로가 강해졌다는 생각이 들었다.

법륜은 여립산이 머무는 의방 밖에 서서 가염운이 나오길 기다렸다. 상세가 그리 심해 보이진 않았으나, 몸 곳곳에 상처와 독기가 지난 일 년간 얼마나 고된 시간을 보냈는지 단적으로 보여주었다.

'일단은 기다린다.'

기다리고, 이야기를 듣고 판단한 뒤 행동해도 늦지 않는다. 군자의 복수는 십 년이 지나도 늦은 것이 아니란 말이 있지 않은가. 법륜은 조용히 눈을 감았다. 시간이 한없이 느리게 흐르는 것만 같다.

이윽고 가염운이 문을 열고 나왔을 때, 문 틈으로 비치는 여립산의 모습에 법륜은 안도의 숨을 내쉬었다.

"일단은 별문제 없는 모양이로군요."

가볍게 고개를 끄덕인 가염운은 독기를 해소하는 것에 약간 지친 모습이었다.

"일단은 안정이 중요하다. 인간의 육신이란 어쩔 때는 강철과도 같지만, 때로는 모래로 지은 성과도 같다. 네놈도 단련도 좋지만 조금은 쉬면서 하는 것이 좋을 것이야."

가염운은 그렇게 옷을 툭툭 털더니 자신의 방으로 들어가 버렸다.

'휴식이라.'

휴식은 사치라 생각했던 법륜이다. 허나 오늘은 여립산이 돌아온 날이니 하루쯤 쉬는 것도 나쁘지 않을 것 같았다. 일 년간의 이야기, 그것을 듣는다면 말이다. 법륜은 처마 밑에서 가부좌를 틀고 앉았다. 여립산이 깨어날 때까지 잠시 쉬어갈 요량이다.

제십삼장(第十三章)

당가(唐家)

사천성(四川省).

사천성은 독특한 곳이다. 사천은 네 개의 강이 대지를 가로지른다 해서 붙여진 이름이다. 촉한의 유현덕이 새로운 왕조를 세우고 그 뒤로도 수많은 역사가 스러져 간 곳. 수많은 역사를 뒤로한 채 자신들만의 짙은 색채를 간직하고 발전시켜온 땅이다.

사천성의 주도 성도에는 집성촌이 하나 있다. 대부분의 사람이 당씨 성을 사용하는 곳, 강호에선 흔히 사천당가라 불리며 정도팔대세가 중 하나로 불리는 가문이다. 당문의 씨족은 하나의 가문을 이루면서 성도의 교외 지역에 마을을 만들었다.

그런 당씨 가문에서 직계 혈족만이 드나들 수 있다는 당문의 내원에서 고성이 터져 나왔다.

"그게 무슨 말이냐! 감숙으로 파견 나간 무사들이 전멸했다니!"

당가의 가주 천수독표(千手毒豹) 당자홍은 고성을 터뜨렸다. 감숙성에 새로운 뿌리를 내리기 위해 얼마나 많은 시간과 노력을 투자했던가.

아미와 청성, 구파 중 둘이나 뿌리를 내리고 있는 사천에서 유독 기를 펴지 못했던 당가다.

그렇기에 구파의 견제를 벗어나 다른 곳에서 세를 넓히고자 선택한 감숙행이었는데, 파견 나간 무인들의 연락이 죄다 끊기고 말았다.

처음 당자홍은 공동파를 의심했다. 공동파 역시 구파에 속하는 곳. 구파 중 말석이긴 하지만 파견 나간 무사들을 정리하기에 충분한 힘을 지닌 곳이다. 그래서 그 혐의를 공동파에 두었건만, 들려오는 총관의 답은 의외의 것이었다.

"독안도라고 하더군요. 감숙 낭시에 소문이 파다합니다. 하얀색 보도를 들고 다니는 독안의 도객이라 합니다. 그 연원은… 알 수가 없었다고……."

당자홍은 총관의 말에 분통을 터뜨렸다. 그 말이 꼭 맞았다. 세가는 자신이 속한 성(省)을 벗어나면 힘을 쓸 수 없다. 아니, 힘을 써도, 그 힘이 미치는 범위와 강도가 말도 못하게 줄어든다.

"빌어먹을. 그 독안도인가 뭔가 하는 새끼, 잡아다 내 눈앞에 대령해라. 당가십수(唐家十手)와 당가십독(唐家十毒), 전부 데려다 써도 좋다."

총관은 당자홍의 말에 놀라움을 금치 못했다. 당가십수와 당가십독은 당가의 주력 중 주력이다. 일류에 이른 암기의 고수가 열 명, 독술의 고수가 또 열 명이다.

이들 스무 명이 나선다면 작은 방파 하나 정도는 하룻밤 새 전멸시킬 수 있는 전력이다. 고작 낭인 하나 잡자고 동원하기엔 지나친 감이 있었다.

"너무 과하지 않겠습니까. 공동파에서도 두고 보지 않을 겁니다. 감숙에 한동안 떠돌던 독안도와 영물에 대한 소문도 공동에서 시작되었다는 보고가 있었습니다. 이놈들 다 알고서 지켜보고 있었단 말입니다. 그런데 거기에 당가십수와 십독을 투입하면……."

전면전이다.

이전의 문제야 공동파가 금전에 연연하지 않는 도문이기에 당가가 세력을 넓히는 것을 어느 정도 묵인한 감이 있었다면,

이번에 파견하는 십수와 십독은 공동파에 대한 도전이나 다름없다.

절정의 무인 스무 명이 자신의 영역을 헤집고 다니는 것을 묵인할 문파는 중원 천지 어디에도 없기 때문이다.

"상관없어. 십수와 십독이 감숙을 헤집어도 공동의 노도들은 나서지 않는다."

"어째서 그렇습니까?"

총관이 답을 알지 못하겠다는 듯 물었다.

"빌어먹게도 그놈들은 자존심이 너무 높아. 그리고 그놈들은 그런 자존심을 부려도 하등 손해 볼 것이 없는 자들이지. 무공과 민심, 두 마리 토끼를 양손에 쥐고 있으니. 십수와 십독이 나서면 공동에서도 부담스럽긴 하겠지만 먼저 건드리지만 않으면 된다. 나서지 않을 거야."

구파의 자존심.

구파는 먼저 싸움을 걸지 않는다. 대신 도전하는 자는 언제든 받아준다. 그것은 구파의 무력이 그만큼 강하다는 것을 단적으로 보여주면서, 구파에 속하지 않는 무파들을 발아래로 보는 처사와 같았다.

총관도 당자홍의 말에 담긴 의미가 어떤 것인지 깨달았다. 세가의 자존심보다 드높은 콧대를 한번 눌러주고 싶다는 생각이 들었다.

"알겠습니다. 십독과 십수를 보내시지요. 거기에 천후를 보내겠습니다. 그러면 십독과 십수가 독안도를 맞상대하지 못한다 해도 보조 정도는 할 수 있겠지요."

당천후.

현 당가 제일의 기재라 불리는 무인이다. 당가의 직계인 총관 당천호가 무공에 재능이 없어 총관질을 하고 있다지만, 그의 동생인 당천후는 달랐다.

무공의 재능이 전부 동생에게 가기라도 한 것처럼, 당천호의 무공에 대한 재능은 출중하다는 말로도 부족한 감이 있었다.

"좋다. 천후까지 간다면 안심이지. 십수와 십독에게 분명히 전하도록 해. 이건 내단이나 영초 같은 저급한 문제가 아니야. 그런 것은 천금이 들겠지만 구하려면 얼마든지 구할 수 있다. 이건 세가의 자존심 문제야. 세가의 백년대계가 한 놈에 의해서 무너졌다. 다시 시작하려면 처음부터 다잡고 가야 해. 이럴 때 독안도라는 놈을 잡는다면 좋은 본보기가 될 게다."

"예, 분명히 전하도록 하겠습니다."

총관 당천호는 고개를 숙이고 물러섰다.

임무의 특성상 각지에 퍼져 있는 십수와 십독을 소환하려면 시간이 걸릴 게다.

그들을 소환하는 명을 내리고 오랜만에 동생 당천후를 보러가야겠다 생각하는 당천호다.

"재미있게 돌아가는구나."

당천호의 몸이 허공을 유영했다. 어찌 된 일인지.

무공에 대한 재능이 없어 총관직을 수행하고 있는 당천호
는 그 소문과는 다르게, 절정을 아득히 넘어서는 무공으로 내
원을 가로질렀다. 그 모습을 알아채는 사람은 없었다.

스스로의 정체를 감추고 쌓아 올린 무의 결정체가 거기에
있었다. 훗날 독제(毒帝)라 불리는 남자의 진면목이었다.

                    *   *   *

법륜은 여립산이 자신 앞에 내민 목함을 보며 의문에 빠졌
다. 언젠가 겪어보았던 일처럼, 법륜은 목함을 받아 들었다.

"이게 무엇입니까, 사숙."

"음양쌍두사의 내단일세. 영초는 마의께 맡겼으니 그 영초
가 연단이 되면 함께 복용하도록 하게."

"내단이라니요, 사숙. 대체 어떻게 된 영문인지 모르겠습니
다. 제게 설명을 좀 해주시지요."

법륜의 물음에 여립산은 지난 일 년간의 행적을 털어놓았
다. 공동산에서의 일, 영물의 내단과 영초를 얻은 일, 그리고
당가와 낭인들과의 싸움까지 모조리 풀어놓았다. 말을 하는

여립산의 얼굴은 담담했다.

마의와 법륜을 보자 지난 일 년의 피로가 전부 풀린 것 같았다.

"그렇다면 중독이 되어 오셨던 것이……."

"맞네, 당가의 독이지. 대단한 놈은 없어서 그리 큰 문제는 아니었는데, 이것이 쌓이다 보니 또 다르더군. 사질도 만약 앞으로 독술을 사용하는 상대를 대할 경우 최대한 접촉을 자제하게. 쉬이 볼 것이 아니야."

"일 년간 많은 일을 겪으셨군요. 저는 그런 것도 모르고 사숙이 언제나 돌아오나 매일같이 하늘을 올려다봤지 뭡니까. 송구합니다."

"아닐세. 내 조금 여유가 있었다면 자네에게 서신이라도 전했을 텐데, 이곳에 마의께서 계시다 보니 그럴 생각을 못 했다네."

"아……."

마의 가염운은 정도의 공적이니 그가 이곳에 있다는 소문이라도 났다면 그는 물론이고 법륜까지 위험했을 게다. 매일같이 붙어 있다 보니 그가 공적이라는 것도 잊고 살았던 법륜이다.

"그건 그렇고, 이 내단. 제가 받아도 되겠습니까. 사숙께서 취하시지 않고……."

"그 얘기는 그만하세. 내 여러 번 고민하고 고심해서 자네에게 넘기는 것이니. 그것으로 차도가 있었으면 좋겠군. 그래야 자네와 다시 한번 붙어보지 않겠나."

법륜은 여립산이 웃음에 고개를 숙였다.

그가 한 노력에 비해 자신이 한 것이 너무 초라해 보였다. 그간 스스로 행해온 노력을 폄하하는 것은 아니지만 여립산의 노고에 비하면 정말 아무것도 아닌 것처럼 느껴졌다.

"그만 고민하게. 그리고 고개를 숙일 필요도 없어. 내 선택이고 내 결정이니 후회하지 않는다네. 자네가 일어서야 어서 이곳을 떠날 것이 아닌가."

여립산은 손에 든 목함을 억지로 법륜의 손에 쥐어줬다.

"마의가 준비가 되면 곧바로 복용하게. 호법을 설 터이니."

"감사… 합니다… 사숙."

법륜은 끝내 숙인 고개를 들지 못했다.

염치가 없어도 너무 없었다. 아직 소림에 진 빛도 다 갚지 못한 상황이다. 게다가 그 빛을 넘어 소림을 발아래 두고자 하지 않았던가.

거기에 안 지도 얼마 되지 않은 사숙에게까지 빛을 지고 말았다.

그런 법륜의 마음을 아는지 모르는지 여립산은 깊은 눈으로 법륜을 보았다.

'부디 부담감은 접어두고 훨훨 날아오르시게. 나는 자네의 바람을 타고 오르는 한 마리 호랑이가 될 터이니.'

며칠 후.

마의는 고급스러운 종이에 쌓인 검은색 환 하나를 법륜에게 내밀었다.

"천지구지영초로 만든 환단일세. 이름은 붙이질 않았어. 이런 것은 쉽게 구할 수 없는 것이니, 이름을 붙여봐야 쓸모없는 일이지."

"그저 감사하다는 말밖에 드릴 말이 없군요."

마의는 손을 내저었다.

"감사는 내가 여가 놈에게 해야 할 일일세. 이런 영초를 만져 볼 기회를 주었으니. 어쨌든 그 환단과 함께 내단을 삼키면 될 것이야. 내단의 기운이 폭주하기 시작하면 답이 없으니꼭 함께 복용해야 해. 영초의 기운이 폭주하는 내단의 기운을 잡아줄 터이니."

마의는 그 말을 끝으로 방으로 들어가 버렸다. 며칠간 연단에만 골몰해서 피곤한 기색이 역력했다.

"준비는 다 되었나?"

"사숙."

법륜이 어색한 얼굴로 손에 든 환단과 여립산을 번갈아가며 돌아봤다.

"아직도 마음에 남은 것이 있다면 그만 털어버리게. 나는 진심으로 미련이 없음이야. 사질이 계속해서 그렇게 나온다면 억지로라도 입에 집어넣겠네. 그러니 잡념은 없애고 준비나 잘하게."

법륜은 멀어져 가는 여립산의 등을 보며 합장했다.

이제는 선택해야 할 시간이다. 법륜은 짐을 싸 들고 조용히 움막으로 돌아왔다.

그 움막 안에서, 법륜은 마의가 만든 환단과 음양쌍두사의 내단을 고요한 눈으로 바라보았다.

이미 대환단을 복용해 본 전적이 있는 법륜이다. 영단을 복용할 때 주의해야 할 점은 충분히 숙지하고 있었다. 무엇보다 마음을 다잡았다. 마음이 바로 서야 제대로 된 운기를 할 수 있다.

"좋아 이제 시작이다."

법륜은 환단과 내단을 동시에 입에 털어 넣었다. 입에 물컹한 내단과 단단한 환이 느껴졌다. 그 느낌도 잠시, 법륜이 치아를 사용해 내단과 환을 깨뜨리려 하기도 전에 둘 모두 녹아 버렸다.

뜨거운 기운이 느껴졌다. 뒤를 이어 차가운 기운도 느껴졌다. 그리고 마지막으로 그 둘을 감싸 안는 청량한 기운을 느

졌다. 음양쌍두사는 이름 그대로 양기와 음기를 하나의 내단
에 쌓는다. 법륜이 느낀 뜨겁고 차가운 기운은 음양쌍두사 내
단의 기운일 터.

'청량한 기운, 천지구지영초로 만든 환.'

양기와 음기가 합해져 만들어진 내단의 기운은 법륜의 혈
맥을 돌고 또 돌았다. 자연지기의 정화다. 그야말로 순수하기
이를 데 없는 기운. 쌍두사의 내단이 법륜의 몸속으로 녹아들
기 시작했다.

법륜은 세수경을 극한으로 전개했다. 금강야차공은 아직
이다. 일단은 무너져 내린 단전을 회복하는 것이 우선이다.

쌍두사의 기운이 세수경의 구결을 따라 혈맥을 누비고 다
녔다.

세수경은 법륜의 인도에 따라 기운을 인도하면서, 제 할 일
을 찾아갔다. 법륜이 미처 보지 못한 곳, 아직 개척하지 못한
곳으로 스며들었다.

양기와 음기가 조화된 기운은 막혀 있던 혈맥을 고통 없이
타통했다.

메마른 땅에 빗물이 스며들 듯, 법륜의 세맥 하나하나에 거
부감 없이 채워지는 기운이다.

양기만 가득했던 법륜의 몸에 음기가 채워지고 깨진 조화
가 제자리를 찾아가기 시작했다.

'세맥에도 기가 머문다. 그간 잘못 생각한 거야.'

법륜은 세맥이라는 바다 한가운데서 헤엄치는 자신을 보았다.

기경팔맥과 십이정경만이 내력 인도에 필요한 혈맥이라고 생각했던 법륜에게 세맥의 타통은 신비로운 경험이었다.

온몸의 모공 하나하나가 열리는 듯한 기분이 들었다. 몸속에 휘도는 기운을 조절하며 코로 호흡을 하고 있지만, 왜인지 모르게 피부로도 호흡을 하고 있다는 생각이 들었다.

법륜은 실제로도 피부로 호흡을 하고 있었다. 인간이 행하는 숨을 쉬기 위한 호흡은 아니었다.

흡기(吸氣)다. 기의 호흡이다. 희대의 마공이라는 흡성대법의 공능이 이러할까.

흡기라는 말 그대로 자연의 기운을 한껏 빨아들이고 있었다. 법륜은 자신의 몸을 들여다보기라도 하듯 관조했다. 세맥에 머문 내단의 기운이 외부의 자연지기를 끌어들이고 있었다.

'단전을.'

법륜은 세수경의 기운을 단전으로 이끌었다. 그간 모아온 세수경의 기운과 남아 있던 대환단이 약력을 조금씩 치환하는 작업을 해왔지만, 오늘만큼은 그럴 필요가 없었다. 내력이 충만하기 때문이다.

내단의 기운과 흡기한 자연지기가 세수경의 인도에 따라 단전을 둥글게 감싸 안았다. 본래라면 세수경의 기운과 단전을 틀어막고 있던 대환단의 기운과 치환해야 했으나, 법륜은 다른 선택을 했다.

'그대로 흡수하라.'

자연지기를 머금은 세수경이 대환단의 약력을 빨아들이기 시작했다. 순식간에 단전이 텅텅 비었다.

세수경의 기운은 물 샐 틈 없이 깨어진 단전 밖으로 빠져나가는 기운을 붙잡았다. 법륜은 단단하게 붙들린 기운을 하나로 압축했다.

세맥을 떠돌던 기운까지 그러모았다. 세맥에서 내단의 기운이 빠져나가자 자연지기가 물 밀 듯 들어왔다. 법륜은 그 기운까지 계속해서 뭉치고 압축했다.

법륜은 둥그렇게 뭉친 기운을 갈무리했다. 계속해서 쏟아져 들어오는 자연지기는 혈맥을 돌리고 뿜어냈다.

축기의 한계를 느낀 탓이다. 지금의 상황에선 이 정도가 최선이었다.

법륜이 선택한 것.

그것은 단전의 회복이 아닌 새로운 단전을 만들어내는 것이었다. 법륜은 여립산이 내민 쌍두사의 내단을 보고 방향을 틀었다.

단전의 내단화로 봐도 무방했다. 법륜은 몸속에서 진동하는 내단을 느끼며 방울을 떠올렸다.

금강령주(金剛鈴珠).

명왕(明王) 금강야차(金剛夜叉)가 손에 쥐고 흔들었다는 금강령주처럼 내단이 진동하는 것이 느껴졌다.

'네 이름은 이제부터 금강령주다. 앞으로 잘 부탁해.'

금강령주가 이지가 있는 것처럼 웅웅거리며 화답했다. 법륜은 진동하는 금강령주를 어르고 달래며 금강야차공의 운기법대로 운용하기 시작했다. 법륜의 몸에서 찬란한 금빛이 쏟아져 나왔다.

불가의 신공이라는 무상대능력처럼 금기가 일렁이며 막대한 기운을 쏟아냈다.

"오할."

기존에 극성으로 운용해 뿜어내던 금강야차공의 기운이 금강령주의 오할과 비슷했다. 자연기의 정화라는 내단을 복용한 탓인지, 그도 아니라면 그 내단이 끌어들인 자연기의 위용인지 알 수 없었다.

"생각보다 너무 큰 힘을 쥐었구나. 뻗어나갈 길이야 없겠느냐만 투로의 정련을 다시 한번 거쳐야겠구나."

법륜은 쓴웃음을 지었다.

큰 힘을 쥐었지만 예상 밖의 강력함이다. 기존에 수준에 맞추어 연련했던 투로가 무용지물이 되었다. 이제부터는 갈무리한 힘을 더 효율적이고 강력하게 뻗어낼 길을 찾아야 했다.

"갈 길이 멀다. 우선은 사숙부터 만나 감사의 인사를 전해야겠다."

*   *   *

당천후는 감숙으로 접어들면서 언짢은 기분을 숨기지 않았다.

한참 무공에 전념하고 있던 그에게 찾아온 세가의 총관이자 형인 당천호는 가주의 명이라며 감숙행을 지시했다.

허나 당천후는 잘 알고 있었다.

이번 감숙행에 자신이 포함된 것이 가주의 명이 아닌 형의 명령이라는 것을.

형인 당천호는 괴물이었다. 자신이 아무리 노력해도 그를 따라잡을 자신이 없었다.

그것을 알게 된 것은 아주 오래전이었다.

자신보다 뛰어난 재질과 재지를 보이던 당천호는 어느 날인가 자신은 무공에 재능이 없다며 무공의 수련을 중단하고 서책을 읽기 시작했다. 많은 사람들이 의문을 표했다.

그도 그럴 것이 당천호 형제는 현 가주와는 숙질 간이다.

그만큼 많은 혜택과 지원을 받아왔고, 그 혜택에 대한 결과로 그들의 무공 수위와 일거수일투족은 가주와 그 직계에게 바로바로 전해졌다.

그때만 해도 당천후는 그런가 보다 했다.

그때까지만 해도 수준이 비슷했던 탓이다. 그가 이상함을 처음 느낀 것은 그가 형에게 처음으로 반항한 날이었다. 세가의 부총관직을 수행하던 당천호는 당천후에게 명령했고, 당천후는 그것을 거절했다.

자신을 하나뿐인 동생이 아닌 장기판의 졸로 대하는 것을 느낀 탓이다.

그리고 그날, 그는 반항의 대가를 치렀다. 당시 당천후는 형의 송곳니를 보며 전율했다. 많이 맞았다.

육합귀원공(六合歸元空)을 운용하며 달려들었지만 상대가 되질 않았다.

그때부터 지금까지, 무공 수련에 온 열과 성을 다해온 당천후지만, 자신이 아무리 수련을 거듭해도 형인 당천호의 기세를 뛰어넘기 어렵다는 것을 깨달았다.

지금은 무슨 이유에선지 차츰 그 마각을 드러내고 있지만 도무지 속을 알 수 없는 형의 작태에 그는 그만 관심을 끊어버렸다. 그렇게 살아온 삶이 십 년이다.

이제 삼십 중반의 나이.

보고 듣고 행하는 것에 차이를 느끼다 보니 형과 자신은 어느새 정반대의 사람이 되어 있었다.

"형님. 이제 감숙입니다. 감숙의 낭시는 난주 바로 아래에 있으니, 그곳까지 가려면 속도를 좀 조절해야겠습니다."

"쯧, 그런 것은 알아서 하라."

십수의 수좌 당효문은 고개를 숙이고 물러났다. 세가에서 독룡이라 불리며 세가의 소가주 암룡 당무기와 어깨를 나란히 하는 당천후이기에 당효문은 그 흔한 대꾸조차 할 수 없었다. 그는 속으로 욕지기를 내뱉었다.

'빌어먹을 새끼. 지가 가주인 줄 아나. 위세 한번 더럽게 떠는군.'

십수와 십독은 당가의 미래라 불리는 이들이다. 한 손이 열 손을 당해내는 것이 쉽지 않듯, 자신들이 중심을 굳건히 잡고 서 있어야 세가의 미래가 밝다 생각하는 이들이다.

실제로 세가에서 교육을 할 때도 그렇게 가르친다. 그런데 당천후의 행태는 해도 너무했다.

그중에서도 인간적인 예우가 제일 부족했다. 크나큰 대우를 바라는 것이 아니니 자신들이 과한 요구를 하고 있다는 생각은 들지 않았다.

'차라리 제 형이 낫군. 그분은 인자하기라도 하지.'

당천후에게서 물러난 당효문은 뒤에서 뒤따르는 십수와 십독을 향해 손을 휘저었다. 그 손짓에 따라 십수와 십독이 속도를 조절했다.

"이봐, 일수."

일수. 십수 중 첫 번째를 이르는 말이다. 당효문은 당천후보다 약간 뒤에서 걸으며 답했다.

"예, 형님."

"그 독안도인가 하는 자에 대해서 말해봐라. 잡으려면 어떤 놈인지부터 알아야지."

"독안도. 알려진 것이 전혀 없습니다. 개방에 의뢰를 해보았지만 특별한 답은 없었습니다. 그저, 그자가 사용하는 무공이 섬서 땅 소림의 속가문인 백호방과 비슷하다는 이야기만 거듭했습니다."

"그래서 확인은?"

"가능성은 배제할 수 없습니다. 백호방주인 여립산이라는 자는 벌써 한 해가 넘도록 모습을 보이지 않고 있다고 하니까요."

당천후는 당효문을 향해 고개를 휙 돌리며 노려봤다.

"그걸 지금 말이라고 하나? 그럼 백호방에라도 잠입해서 알아봤어야지. 그리고 개방의 거지놈들이 우리에게 제대로 된 정보를 전달할 것 같으냐? 그놈들은 구파의 수족이나 다름없어. 세가가 요구하면 구파에게 허락을 받는 놈들이다. 세가의 암약원(暗略院)을 풀어서 알아봤어야지!"

"물론, 암약원도 현재 감숙 땅을 뒤지고 있습니다만, 현재 특기할 만한 일은 없습니다. 아무래도 시간이 조금 필요할 것 같습니다."

당천후는 애꿎은 땅만 발로 찼다.

"젠장. 이번 일을 해결 못 하면 복귀 명령 안 떨어지는 거 알지? 그놈들 빨리 잡아야 집에 간다. 나는 이 동네에서 빨리 뜨고 싶다고. 난주에 도착하면 십수와 십독 모두 나서서 알아보도록 해. 일단 낭시부터 족치고."

"알겠습니다."

당효문은 다시 한번 고개를 숙였다. 당가는 혈족으로 이루어져 있기에, 사촌형인 당천후의 명령에 그 흔한 반항 한번 못하고 수그리는 당효문이다.

"먼저 간다. 난주에서 제일 큰 객잔으로 와라. 그곳에서 기다린다."

당효문은 빠르게 치고 나가는 당천후를 보며 혀를 찼다.

"빌어먹을 개차반 같은 놈. 그 무공만큼만 성격이 유했으면 소가주가 될 수도 있었을 텐데."

그때 일독 당저윤이 당효문의 곁으로 다가섰다.

"효문, 개차반이 뭐라든?"

"다 나서서 낭시부터 족치라고 하더라. 그놈 이름이 뭐였지?

감숙 낭시 책임자."

"흑사?"

"그래, 일단 그놈부터 족쳐서 있는 대로 다 뜯어내고 일이 어느 정도 진척되면 그때 가서 보고하자. 저놈 성격상 바로바로 대답 안 나오면 또 지랄할 게 틀림없어."

"동감이다. 개차반은 객잔에서 좀 썩으라고 하고, 여기서 좀 쉬어가자. 너무 달려왔어."

"그래, 좀 쉬면서 계획을 짜보자."

십수와 십독이 모여들었다.

당가의 미래라 불리는 이들의 얼굴에 불만이 가득했다.

그들이 머리를 맞대고 계획을 쥐어짜 내는 그 순간, 감숙의 낭시는 또 다른 국면을 맞이하고 있었다.

*   *   *

콰아아앙.

대문이 박살 났다. 떨어져 나간 문짝에는 장인이 깊숙이 새겨져 있었다.

"흑사라는 놈이 누구냐? 나와라."

갑작스러운 굉음에 칼을 찬 낭인들이 뛰쳐나왔다. 술을 마시고, 도박을 하고, 기녀를 낀 채 놀고 있었는지 그 작태가 한

심하기 그지없었다.

"네놈은 누군데 흑사를 찾나?"

낭랑하게 외친 무인은 앞으로 걸어가며 허리춤에 찬 검에 손을 가져다 댔다.

"이래서 낭인들이란. 지옥의 사자가 눈앞에 있어도 알아보지를 못하는구나."

"복마검!"

낭인들 중 하나가 급하게 외치자 썰물 빠지듯 낭인들이 뒤로 물러섰다. 복마검은 유명한 검이다. 오로지 공동의 도인들만이 사용할 수 있는 검이며, 그 특색이 독특해 한번 본 사람이라면 외형을 잊기 쉽지 않았다.

그 무공은 검보다 더 유명했다. 도문의 일각으로 오랜 세월 협사를 배출해 온 공동이다.

복마검부터 시작해, 소양검, 삼절검 등 이름만 대도 알 만한 무공이 수두룩했다.

낭인 하나가 튕겨져 나간 대문 앞에 서더니 중얼거렸다.

"복마장. 복마장이다. 야! 여기 와봐, 이거 복마장이라고. 단번에 뜯어냈어."

한 낭인의 외침에 장내가 금세 소란스러워졌다. 그 유명하다는 공동파의 복마장을, 흔적뿐이라지만 두 눈으로 확인할 수 있다는 사실에 낭인들이 들끓었다.

공동파의 무인은 그 작태를 보며 다시 소리쳤다.

"아, 흑사라는 놈이 누구냐고!"

소란스러운 장내를 뚫고 흑사가 조용히 말을 걸었다. 낭인들은 아직도 대문 앞에 서서 웅성거리고 있었다. 공동의 무인은 고개를 끄덕였다. 그래도 책임자라는 놈은 좀 낫다 생각하는 모양이다.

"흑사. 맞나?"

"맞소이다. 공동파의 진인, 그 존성대명을 여쭈어도 되겠소?"

"나는 공명이란 도호를 쓰고 있다. 그대에게 물을 것이 있으니 채비하라. 잠시 나갔다 와야겠다."

흑사는 공명의 말에 눈살을 찌푸렸다. 아무리 구파의 위세가 높다 하나 사람을 이리 가라, 저리 가라 하는 모습이 좋게 보이진 않았다.

게다가 공명이라는 이름, 처음 듣는다. 흑사는 공명을 향해 퉁명스러운 말을 내뱉었다.

"어딜 간단 말이오. 여기서 이야기하시오."

공명자는 퉁명스러운 흑사의 말에 미간을 좁혔다. 시간이 넉넉했다면 두들겨 패서 그 위치를 알게 해주고 싶었지만, 도인 된 자로 그럴 수는 없었다. 게다가 시간이 촉박하지 않은가.

"이봐, 흑사 양반. 나는 그렇다 쳐도 내 뒤는 무시하면 안 될걸?"

"뒤에 누가 있기에 그러시오. 공동의 이름으로 핍박하려거 든 그리하시오. 내 낭시에 있는 낭인들을 전부 다 풀어서라도 공동의 행태에 대해 널리 알릴 테니."

흑사는 지지 않고 대꾸했다.

[태허 진인.]

흑사는 공명의 전음에 몸이 경직됐다.

태허 진인.

공동파의 전대 장문인으로 그 무공이 하늘에 닿아 복마검 한 자루로 만부부당의 위용을 자랑했던 초절의 무인. 지금은 장문인의 자리에서 물러나 후학을 양성하며 소일거리를 즐기 고 있을 그가 흑사 자신을 찾는다는 말에 그만 놀라고 말았 다.

"태허… 진인……."

[근방에 와 계시네. 와호루에 계시니 서둘러야 할 거야. 생 각보다 성격이 급하시거든.]

공명은 떠들어대는 낭인들을 흔적도 없이 지나쳐 사라졌 다. 절정에 이른 신풍귀보(神風鬼步)다.

흑사는 공명의 경지에 대해서 제대로 파악할 수는 없었지 만 저 정도의 무공을 지닌 자가 고작 전령으로 왔다는 사실에 경악했다.

"제기랄. 외통수구만. 태허 진인이라니."

흑사는 걸음을 서둘렀다. 조금이라도 지체했다가는 무슨 봉변을 당할지 몰랐다.

자신이 지닌 무공이 이제 막 절정이고, 스스로 자신감을 가지고 있다고 해도 태허 진인에겐 일초지적이다. 낭시의 낭인들 모두 달려들어도 마찬가지의 결과다.

이럴 때는 차라리 밉보이는 것보다, 잘 보이는 것이 답이라는 것을 흑사는 너무 잘 알고 있었다.

흑사는 발에 땀이 나도록 뛴다는 것이 어떤 것인지 제대로 경험했다.

그래서였을까. 그는 막 와호루의 문을 열고 들어가던 한 청년과 부딪치고 말았다.

흑사는 인상을 꽉 썼으나 사안이 급하다 보니 제대로 사과조차 하지 못하고 안으로 들어섰다.

그리고 그는 신비한 경험을 했다. 갑자기 다리가 풀리고 정신이 혼미했다. 급격하게 느껴지는 어지러움에 구토가 절로 나왔다. 비단옷을 입은 청년의 손이 자신의 등에 창졸지간에 달라붙어 있었던 것이다.

"빌어먹을 새끼야. 사람을 쳤으면 사과를 해야지."

감숙 낭시의 책임자, 흑사는 당가의 십수와 십독을 만나기도 전에 독룡 당천후를 먼저 만나고 말았다.

*   *   *

"너무 무리하지 말게. 언제가 되었든 말만 하면 멈추어 줌세."

여립산은 백호도의 도병을 강하게 움켜쥐었다. 낭아감각도로 고조된 오감이 정신을 고양시켰다. 감각이 증폭되면서 법륜의 기세가 낱낱이 파헤쳐졌다.

'명불허전. 엄청나군. 이게 이제 막 부상을 회복한 자의 무력이란 말인가.'

여립산은 감각도의 틈으로 쏟아져 들어오는 법륜의 기세에 감탄을 금치 못했다.

굳이 온몸으로 표현하지 않아도 느낄 수 있었다. 강력한 기운이 살을 에는 듯 쏟아져 들어왔다.

그럴수록 불타오르는 호승심에 여립산이 기합을 지르며 달려들었다.

일초는 역시 백호출세다. 백호의 칼날이 법륜의 상반신을 노리고 쏟아졌다. 법륜은 자신의 상체를 노리고 날아오는 백호도를 피하지 않고 주시했다. 법륜은 칼날을 마주 보며 금강령주를 일깨웠다.

금강령주가 진동하며 올올이 진기를 풀어낸다. 운기법은 금강야차공이다. 과거 적백색 강기를 흩날리던 것과는 달리 찬란한 금광이 전신에 서렸다.

"새로이 정립한 무공인데 어떨지 모르겠습니다."

법륜의 양 주먹이 번갈아가며 뻗어나갔다. 야차구도살의 삼초식 천장나선탄이다.

나선으로 회전하는 금기가 양손에서 솟아나 여립산의 도를 막아섰다. 어떨지 모르겠다는 법륜의 말과는 달리 천장나선탄은 여립산의 백호도를 연달아 때리더니 백호출세의 경로마저 뒤틀어 버렸다.

'엄청난 위력. 방심하면 순식간에 끝나겠다.'

여립산은 법륜의 공격에 뒤틀린 도를 힘으로 바로잡았다. 이어지는 이격은 백광천파 십연격이다.

빠르게 찔러 들어오는 도격에 법륜은 무릎을 굽히고 회전하며 가로로 발을 쳐냈다.

무형사멸각 이초 해일(海溢)이다.

해일과 같은 경력이 노도처럼 밀려들었다. 여립산은 열 번째 백광천파를 찌르고 난 뒤 곧바로 도를 회수해 반월의 강기를 날리며 뒤로 훌쩍 물러섰다. 그 순간 여립산의 눈이 번뜩였다. 낭아감각도가 강기의 파도에 생긴 미세한 균열을 감지해 낸 것이다. 여립산은 뒤로 물러서기가 무섭게 앞으로 돌진했다.

백광천파의 일격이 그 틈을 찌르고 들어갔다.

파아아아.

여립산의 일격에 이름 그대로 해일과도 같았던 강기의 파도가 산산이 부서졌다. 여립산은 기회를 놓치지 않았다. 백광천파로 찔러 넣은 도를 그대로 십자 모양으로 휘둘렀다.

감숙성 낭시를 떠돌며 새로이 창안한 백광자전도 오초, 반월십자강(半月十字罡)이다. 십자 모양의 강기가 법륜의 몸을 노리고 날아들었다.

'과연!'

자신이 무공에 몰두해 일 년을 보내는 사이, 여립산의 무공도 정체되어 있지만은 않았다. 게다가 일 년간 무수히 많이 실전을 겪으며 쌓아 올린 감각은 한동안 무공을 제대로 펼칠 수 없었던 법륜이 가질 수 없는 여립산만의 강점이었다.

법륜은 십자 모양의 반월강으로 몸을 들이밀었다. 금강령주가 진동하며 굉음을 내기 시작했다.

진기의 갑옷이 법륜의 몸 위로 생성되었다. 불광벽파로 둘러싸인 법륜은 여립산의 반월강에 망설임 없이 몸을 부딪쳤다.

파아아앙.

공기가 찢어지는 소리가 들렸다. 법륜이 도상촌에 머물며 새로이 정립한 천공고다.

법륜의 천공고는 기존과 달라도 너무 달랐다. 법륜의 천공고를 경험해 본 적이 있는 여립산은 호신강기를 일으키며 돌진하는 법륜을 향해 몸을 회전시켰다. 회전력을 더해 파괴력을 극대화시킬 심산이었다.

'감각도가 몸에 익은 모양이다. 내 틈을 비집고 들어오는 솜씨가 보통이 아냐.'

여립산의 도법은 일 년 전 보았을 때보다 한층 발전해 있었다. 당가와 낭인을 상대하면서 백광자전도에 감각도를 접목시킨 것이 틀림없었다.

회전하는 도가 잘게 떨렸다. 백광자전도의 자전(紫電)이 그 모습을 드러냈다. 새하얀 백광을 머금은 자줏빛 번갯불이 법륜의 몸을 노리고 날아왔다.

"받아보시게. 백광자전도 육초, 자전마라(紫電魔羅)일세!"

백호도갸 상에서 하로, 좌에서 우로 날아들며 기의 그물을 만들어갔다.

마라(魔羅)라는 이름이 잘 어울리는 초식이었다. 여립산이 만든 기의 그물이 법륜의 몸을 덮쳐왔다. 법륜은 금강령주에 힘을 더했다.

'조금 더!'

금강령주가 진동하며 법륜의 몸 곳곳으로 내력의 힘을 전달했다. 불광벽파에 닿은 여립산의 육초가 굉음을 내며 진동했다.

밀어내려는 자와, 가두어두려는 자의 힘이 충돌했다. 법륜은 강기의 그물이 자신의 몸을 덮어버리자 몸을 둥글게 말았다.

이어지는 움직임은 야차능공제. 둥글게 만 몸을 튕겨낸다. 활시위처럼 꺾인 몸이 탄력을 받아 치고 나간다. 법륜의 손끝이 여립산을 향했다.

피잉

손끝에서 마관포가 터졌다. 마관포는 불광벽파를 거슬러 올라 여립산의 자전마라까지 뚫고 나갔다. 마관포가 백호도를 때리자 따당 하는 금속음과 함께 여립산의 신음이 터져 나왔다.

'벌써······!'

빨라도 너무 빨랐다. 지난 일 년 동안 법륜의 깨달음이 상당하다는 것을 대화를 통해 알았지만 이제 몸을 회복한 지 달포, 그 깨달음을 몸에 붙이기엔 부족한 시간이다. 그런데도 법륜은 이전보다 훨씬 강력한 모습을 보여주고 있었다.

여립산은 뒤로 밀려나는 백호도를 힘껏 밀어냈다. 법륜이 쏘아낸 마관포와 함께 갈라낼 심산이다. 여립산은 백호탐천을 전력으로 뿜어냈다.

콰악—

절반의 성공이다. 법륜이 쏘아낸 마관포는 갈라냈지만 불광벽파는 뚫지 못했다.

백호도가 불광벽파의 늪에 빠졌다. 법륜의 경력이 백호도를 붙들고 놓아주질 않았다. 여립산은 도를 회수하는 대신 몸을 밀어 넣었다.

여립산의 몸이 불광벽파와 맞닿기 직전, 법륜은 돌연 불광벽파를 회수하고 주먹을 뻗어냈다. 짧은 순간에 수십 번의 추를 쳐냈다. 철탑신추 일초 붕산(崩山)이다.

야차구도살에 밀려 좀처럼 사용하지 않았던 철탑신추가 새로운 모습을 세상에 드러냈다.

꽝파꽝

법륜의 추법이 터질 때마다 공기가 터지는 소리가 났다. 순식간에 여립산의 몸 곳곳을 때리고 지나갔다. 여립산은 호신강기를 일으켜 법륜의 추법을 막아내며 전진했지만, 타격은 제대로 들어간 것 같았다.

법륜의 공세에도 어느새 지척까지 다가온 여립산은 왼손을 뻗어 법륜의 옷깃을 잡아챘다. 법륜의 옷깃을 잡아채는 그 순간, 여립산은 법륜의 무공이 대단하기는 했지만 아직 틈이 너무 많다고 생각했다.

강대해진 내력을 수발하기에 기존의 투로가 부족하다는 이야기다. 자신보다 하수라면 법륜에겐 손쉬운 상대겠지만, 자신처럼 틈을 노릴 수 있는 고수를 만나면 낭패를 면치 못하리라.

여립산은 회심의 미소를 지었다. 지금이 아니라면 앞으로는 법륜을 이길 가능성이 너무 적기 때문이다. 숙질 간의 대결이기 이전에 무인 간의 대결이다. 그는 이 승리의 기회를 놓치고 싶지 않았다.

"기회!"

여립산이 법륜의 옷깃을 잡아당겼다. 법륜의 몸이 여립산의 몸으로 딸려 들어왔다. 여립산은 도병(刀柄)으로 법륜의 어깨를 찍었다.

법륜은 자신의 어깨를 노리고 날아드는 도병을 보곤, 여립산의 품에 안기듯 회전하며 다가섰다.

법륜이 급격하게 회전하며 다가서자 여립산의 도병이 허공을 가르며 출렁였다. 그 순간 법륜의 왼 팔꿈치가 여립산의 어깨를 찍어 눌렀다. 여립산이 행한 공격을 똑같이 돌려준 것이다.

콰직.

여립산의 어깨에서 뼈가 비틀리는 소리가 들렸다. 하지만 법륜은 거기에서 멈추지 않았다. 양손으로 여립산의 가슴을 밀어내고 다시 한번 무형사멸각을 차올렸다.

다시 해일이다.

밀려나는 여립산의 몸에 파도가 덮쳤다. 여립산은 왼쪽 어깨에서 느껴지는 고통에 얼굴을 찌푸리며 도를 휘둘렀다. 방금 전처럼, 틈을 노리고 찌르기엔 시간이 촉박했다. 백호도에서 반월십자강이 뛰쳐나와 뻗어나갔다.

허나 너무 급격한 움직임에서였을까. 법륜의 해일에 창졸간에 쏟아낸 반월십자강은 큰 힘을 발휘하지 못했다. 십자강에 위력이 줄어들긴 했지만 여지없이 밀고 나간다.

여립산은 그 모습을 보고 뒤로 재빠르게 물러섰다. 물러서는 순간 납도(納刀)를 마친 후 다시 뽑아냈다.

백호출세다. 쾌속의 발도술이 법륜의 해일 한가운데를 가르고 지나갔다.

"후우. 여기까지만 하세."

여립산은 해일의 경력이 흩어지자마자 거친 숨을 내쉬었다. 그로서도 법륜의 경지는 예상 밖이었다. 사질의 무공이 뛰어나다는 것도 알았고, 그 재능이 출중해 시간과 경험만 충분히 쌓는다면 언제든 자신을 뛰어넘을 수 있을 것이라 생각했지만⋯⋯.

"자네는 빨라도 너무 빠르군. 이제 몸을 회복한 지 달포 아닌가. 부상을 입은 동안 투로를 정련했다곤 하나, 상식 밖이야. 이젠 그 누구도 자네를 쉽게 막지 못하겠어. 내 지난 일

년의 노력이 초라해 보이는군."

법륜은 여립산의 자조 어린 말에 그의 앞으로 다가섰다. 법륜의 얼굴은 평온했다. 법륜은 거침없이 여립산의 어깨를 잡아 혈을 짚었다.

"제가 너무 과했습니다. 아직 조절이 잘 안 되는 것 같아요."

"허허, 말도 말게. 어깨가 부서지는 줄 알았어. 다행이 부러지지는 않은 것 같으니 괜찮을 걸세. 그보다……."

여립산은 자신의 어깨를 매만지는 법륜의 옆얼굴을 뚫어지게 쳐다봤다.

법륜은 여립산의 어깨 상처를 다 돌아본 뒤, 고개를 돌렸다. 여립산의 불같은 시선이 따갑게 느껴졌다.

"왜 그렇게 쳐다보십니까."

"아니, 다른 것은 아니고. 갑자기 이런 생각이 들어서 말일세."

법륜은 이글이글 타오르는 여립산의 눈을 슬쩍 피하며 말을 이었다.

"무슨 생각 말입니까."

"어쩌면 내가 지금 미래의 천하제일인(天下第一人)을 보는 걸지도 모른다는 생각이 드는군."

법륜은 여립산의 말에 어처구니없다는 듯, 헛웃음을 지었다. 법륜은 단 한 번도 그런 광오한 칭호 따위를 바라본 적 없었다.

그저 무공이 좋았고, 그 무공을 사용할 곳과 이유가 생겼을 따름이다.

"그런 허울 따위엔 관심 없습니다. 그보다 어깨는 이제 좀 어떠십니까?"

여립산은 왼쪽 어깨를 이리저리 돌려봤다. 욱신거리는 통증이 느껴지긴 했지만 며칠이면 괜찮아질 상세다.

"어깨는 괜찮네. 그보다 천하제일인 자리에 관심이 없다니. 그것은 또 예상 밖이군."

법륜은 의아한 얼굴로 여립산에게 물었다.

"제가 그런 것을 탐낼 것으로 보였단 말입니까?"

법륜은 맹세코 그런 적이 한 번도 없었다고 생각했다. 자신이 무공을 이토록 혹독하게 단련한 이유, 그것은 구원(仇怨) 때문이다.

그의 구원은 아직 기련산에서 숨 쉬고 있었다.

"뭐 상관없겠지. 자네가 관심이 있든 없든 그것은 자네의 의지대로 되는 것은 아닐 테니. 그보다 이제는 어떻게 할 셈인가. 무공은 차고 넘치는 것 같은데, 다시 기련산으로 갈 생각인가."

법륜은 여립산의 물음에 조용히 눈을 감았다.

기련산. 기련마신. 그리고 구원.

참으로 먼 길을 돌아서 여기까지 왔다. 무공의 단련과 소실, 되찾은 무공까지 어느 하나 쉬운 일이 없었다. 그런 법륜에게 청해의 마신은 증명이나 다름없다.

길고 긴 그 여정에 마침표다. 숨 쉴 틈 없이 달려온 길의 끝자락이다. 법륜은 문득 가슴 한켠에 허무한 감정이 솟아오르는 것을 느꼈다.

복수와 그 끝에는 대체 무엇이 남는지 도무지 알 수 없는 일이다. 그 누군가의 말처럼 그 끝에 후련함과 성취감이 가득할지, 아니면 허무함이 남을지 알 수 없었다. 애초에 무허 사조의 말을 따라 복수를 생각하지 않았다면 어땠을까.

그리고 복수를 행한 그 뒤는 또 어찌할 것인지. 그저 파발마처럼 앞만 보고 달려온 법륜은 그 뒤의 미래를 그려본 적이 없었다. 사력을 다해도 마신을 이길 수 있을지 불투명했던 까닭이다.

"알 수 없군요. 그러고 보니 한 번도 생각해 본 적 없는 것 같습니다."

"무엇을 말인가?"

"그 뒤 말입니다. 마신을 이길 수 있을지 없을지, 그것만 생각하며 무공을 수련했습니다. 제가 앞으로 어떻게 살아야 하는지, 무엇을 해야 할지와 같은 고민을 해본 적이 없습니다.

참으로 어리석군요."

여립산은 법륜의 말에 너털웃음을 터뜨렸다. 야차가 되겠다며 항상 무공의 화신인양 무력에만 집중하던 사질은 지난 일 년 새, 고뇌하고 참오할 줄 아는 인간이 되었다.

"하하. 사질은 너무 걱정할 것 없네. 이 세상에 정해진 것은 단 한 개도 없다네. 인간은 그저 선택할 뿐일세. 그 문제는 마신을 잡고 나서 생각해도 늦지 않아. 중요한 것은 자네의 의지야. 자네가 무엇을 하고자 할지 정한다면 그대로 실천하면 그만일세."

"그렇습니까."

법륜의 상념 짙은 말에도 여립산은 기꺼운 표정이다.

"좋군, 아주 좋아. 그 문제는 차차 생각해 보시게. 대신 절대 마음에서 놓지 말게. 그런 마음가짐이야말로 인간이 인간답게 살아가는데 가장 중요한 것이니. 그보다 이제는 어찌할 셈인가? 청해로 바로 갈 것인가?"

법륜은 여립산의 물음에 마음속에 떠오르는 잡념들을 집어넣었다. 청해성이라. 그곳까지는 아주 먼 길이 될 것 같았다. 허나⋯⋯.

"그 전에 해야 할 일이 있습니다."

여립산은 법륜의 말에 눈을 동그랗게 떴다. 무공의 수련이야 매일같이 하는 것이니, 법륜의 해야 할 일이란 무공의 수련과는 별개의 것이리라. 산속에서 일 년을 산 법륜이 해야 할 일이 무엇일까.

"그게 무슨 일인가?"

"복수. 당했으면 갚아주어야지요. 무공이 몸에 좀 익으면 낚시로 가볼 생각입니다. 그다음은 사천입니다."

"복수라니……? 아!"

여립산은 법륜의 말에 탄성을 터뜨렸다. 감숙의 낚시. 여립산의 지난 일 년을 형로로 만드는 데 일조한 곳이다. 복수를 운운할 정도의 일도 아닌데, 법륜이 굳이 낚시를 언급한 것은 그간 고생한 자신을 생각해서이리라.

"그럴 필요 없다네. 그저 지나가는 일 정도로 생각하면 그만일세. 게다가 낚시는 그렇다 쳐도 당가는 쉽지 않아. 그들은 은(恩)은 두 배로, 원(怨)은 열 배로 갚는 자들일세. 그놈들이랑 엮이면 고생길이 훤할 텐데……."

"사숙, 당가의 무인들이 사천땅에서 벗어나 타 지역에서 암약하고 있을 가능성이 얼마나 되겠습니까?"

여립산은 법륜의 물음에 잠시간 생각에 잠겼다.

"정보를 수집하는 조직이 아니고서야 거의 없다고 봐도 무방하겠지."

"그렇겠죠. 그런 자들이 타 문파의 앞마당에서 무슨 짓을 했겠습니까. 게다가 그들이 원하는 것을 방해한 자에게 어떤 감정을 가지고 있을까요. 당가와 같이 온갖 독물과 영물을 다루는 곳에서 쌍두사는 꽤 먹음직스러운 사냥감이었을 텐데도 그들은 쌍두사를 미끼로 썼습니다. 저희는 이미 이번 일에 엮인 셈입니다."

영물과 영초를 미끼로 내걸고 당가가 취하려 했던 것은 무엇일까. 그것도 구파의 일익인 공동파가 있는 이 감숙성에서.

"사천. 아미와 청성, 그리고 팔대세가인 당가. 그런가. 구양세가와 같은 노선을 가려고 하는군."

"맞습니다. 그들이 쌓으려는 힘은, 민심이 아닙니다. 오로지 금력(金力)입니다. 감숙은 공동파를 제외하곤 무주공산입니다. 게다가 구파는 재물을 탐내는 곳이 아니니 이보다 더 좋을 수는 없겠지요."

"사질의 말이 맞네. 허나 당가와 부딪치는 것은 다른 문제야. 내 고생에 대한 대가로 복수를 하고 싶다면 포기하게. 그 정도로 크게 만들 일이 아니야. 잘못하면 문파의 일로 번질 걸세."

법륜은 여립산의 걱정 어린 말에 단호하게 대답했다.

"상관없습니다. 제가 노리는 것은 당가가 아니니까요."

"그게 무슨 말인가."

법륜은 하늘을 올려다봤다. 참으로 많이 생각하고 고민했다. 소림이라는 틀 안에서 무언가를 이루기엔 부족한 것이 너무 많았다. 소림을 발아래 두고 뜻대로 한다? 그것은 오만이다.

소림은 강하다. 소림을 제 뜻대로 하려면 방장의 자리에 올라야 한다. 허나 법륜은 법무와 그 자리를 두고 다툴 생각이 없었다. 게다가 방장이란 자리는 무언가를 자신의 뜻대로, 원하는 대로 행할 수 있는 자리가 아니다.

온갖 제약과 책임이 뒤따르는 자리다. 그렇기에 법륜은 그 자리를 탐내지 않았다.

대신에 다른 생각을 했다. 방장과 대환단을 주고받으며 했던 거래가 그것이다. 소림의 암중살검. 소림의 이름을 대신해 오물을 묻힐 그 이름. 법륜은 굳이 소림의 암중살검이 자신 혼자일 필요는 없다고 생각했다.

소림의 소속으로 온갖 더러운 일을 도맡아 하는 집단의 수장이 된다.

그것이라면 자신의 뜻은 자신의 의지대로 행하며 소림이라는 굴레를 벗지 않아도 된다. 그렇게 되면 소림 내의 정치적인 문제는 피할 수 없겠지만, 어느 정도 소림을 자신의 뜻대로 움직일 수 있으리라.

"소림의 속가를 비롯해 낭인을 모을 겁니다. 그리고 제 뜻대로 부리겠습니다. 사천을 거쳐 청해, 감숙, 섬서 하남에 이르는 여정입니다. 충분히 모으고도 남겠지요."

"자네……!"

"소림을 벗어날 생각은 없습니다. 그 가르침까지요. 단지…
이대로는 부족하다는 생각이 많이 들었습니다. 조직화된 집
단의 힘은 무섭더군요. 구양세가도 그렇고, 청해오방이라는
자들도, 게다가 마신의 마군까지. 저 혼자로는 안 됩니다."

여립산은 그런 법륜의 말에 난색을 표했다. 소림의 제자로
서 감히 할 수 없는 생각이다. 소림 내에서 도당을 만들어 제
뜻대로 부리겠다니.

비록 그가 소림의 속가이긴 하지만 소림에 둔 마음이 작지
않았다.

그야말로 불경한 생각이다. 나라로 치자면 반역이나 다름없
다.

"그 이야기는 못 들은 것으로 하겠네. 자네가 그 뜻을 관철
시키겠다면, 그 뜻을 행하는 그 순간부터 자네와 나는 남이
될 걸세. 그것을 명심하게."

"역시… 그렇군요. 알겠습니다. 그 점은 더 심사숙고해 보겠
습니다. 허나 제 뜻이 변할 것 같지는 않습니다, 죄송합니다."

여립산은 법륜의 죄송하다는 말에 눈을 질끈 감았다.

"일단은 알겠네. 허나 서두르지 말게. 나도 좀 생각해 볼 터
이니, 몸이나 더 추스르시게."

여립산은 그 말을 끝으로 매몰차게 돌아섰다.

긴 시간을 함께한 것은 아니나 법륜에게 깊은 정을 준 여립산이다. 지금은 화가 나 그를 외면했지만 그때가 온다면 자신은 그런 법륜을 외면하고 그 청을 물릴 수 있을까. 장담할 수 없었다.

멀어져 가는 길만큼이나 마음도 멀어진 것 같았다.

*   *   *

흑사는 혼미해지는 정신에 진기를 끌어내려고 악을 썼다. 귓가에 들려오는 목소리가 너무 섬뜩했다.

창졸간에 펼쳐진 용독술에, 개차반 같은 성격. 간신히 돌린 고개의 끝에 보인 소매는 당가의 표식인 사슴이 새겨져 있었다.

'당가……! 당가가 왜…….'

"빌어먹을 새끼야. 정신 줄 놓냐? 사과하라고, 사과."

독룡 당천후는 갑작스레 쓰러진 흑사를 부축하기라도 하는 듯, 등을 두드리면서 귓가에 속삭였다. 와호루 같은 큰 객잔 입구에서 사람이 갑자기 쓰러졌으니, 소란이 일어난 것은 자명한 일이었다. 흑사와 그 등을 두드리는 당천후의 곁으로 객잔의 경비를 담당하는 사내들이 다가섰다.

"무슨 일이오?"

당천후는 자신의 독에 쓰러진 흑사를 힐끗 보며 입을 열었다.

"아, 객잔을 나서는데 이 남자가 갑자기 쓰러지지 않겠소? 걱정이 되어 부축을 좀 해주고 있었다오."

"음… 얼굴을 좀 봅시다. 상세가 심각하다면 의원을 불러드리지. 본 객잔을 방문한 객이 갑자기 쓰러진다면 좋지 않은 소문이 날지도 모르니."

사내는 저 멀린 점소이에게 손짓을 하더니 이것저것 주문을 하기 시작했다. 당천후는 그 모습을 보며 히죽 웃었다. 난주에서 가장 큰 객잔이라더니 대처가 제법이다.

"아, 괜찮으면 내가 이자를 의원으로 데리고 가겠소이다. 나또한 약방에 볼일이 있으니, 가는 길에 인도하면 괜찮지 않겠소?"

"그러시오?"

당천후의 말에 사내의 얼굴에 화색이 돌았다. 부축한 남자가 궂은일을 자처하는데, 굳이 자신이 나서서 일을 처리할 필요가 없다는 생각이 들었다.

"그럼 그렇게 알고 일단 이분을 의방으로 데려가겠소이다. 와호루는 참으로 좋은 곳이군요. 이렇듯 갑작스레 쓰러진 사람까지도 고객으로 생각해 돌보시다니. 이 당 모, 참으로 감탄했소이다."

"험… 뭐 그렇지요. 언제든 찾아오시오. 와호루의 문을 열려 있으니."

당천후의 눈이 번뜩였다. 그만 끊으라는 뜻이다. 여기서 정인군자인 것처럼 대화를 나누는 것보다, 건방지게 자신과 부딪치고도 석고대죄하지 않는 이 남자를 손보는 것이 더 흥미를 끌었다.

"그럼."

그렇게 당천후가 흑사를 부축하고 밖을 나서려는 순간, 그 둘을 지켜보는 눈 두 쌍이 있었다.

[당가의 아해야. 이 층으로 올라오너라. 거기 독에 중독된 그자도 함께. 이유를 들어보고 재미없는 이유라면 혼을 내주마.]

당천후는 귓가에 울리는 전음에 모골이 송연했다. 십수와 십독을 두고 홀로 달려와 가장 비싸고 호화로운 술과 음식을 먹고 나서는 길이다. 음식과 술을 즐기는 동안 흑사나 하는 마음에 객잔을 살펴보았으나 무공을 익힌 무인은 보이질 않았었다.

당가에서 독룡이라고 추앙받는 당천후다. 절정에 오른 그가 감지하지 못할 자라면, 자신보다 고수라는 이야기다. 순식간에 머리를 회전시켜 감숙 땅에 이름난 고수들을 떠올려 보는 당천후지만 딱히 생각나는 자들이 없었다.

군이 꼽자면 공동파가 유력했으나, 그들은 산에서 잘 내려오지 않는 자들. 이런 고급 객잔에 공동파의 고수가 머물거라는 생각은 하지 않았다.

[어서 올라오지 않고? 당자홍이한테 좀 따져볼까?]

당천후는 당자홍의 이름이 거론되자 사색이 되었다. 당금의 강호에서 당가의 가주를 당자홍이라는 이름 석 자로 부를 수 있는 자가 몇이나 될 것인가. 게다가 이 궁벽한 감숙 땅에서는 손에 꼽는다.

'공동파……!'

당천후는 흑사를 부축하고 다시 객잔 안으로 발을 들였다. 객잔의 경비는 당천후가 다시 흑사를 부축하고 안으로 들어서자 의아한 얼굴로 물었다.

"아니, 의방에 가신다더니 왜 다시 들어오십니까?"

"꺼져. 너 따위와 말 섞을 시간 없다."

사내는 당천후의 돌변한 모습에 어안이 벙벙했다. 곧 얼굴이 붉어지고 화가 치밀어 올랐으나 함부로 손을 쓰지는 않았다. 객잔에 많은 사람들이 그들을 주목하고 있었기 때문이다. 객잔의 경비가 손님을 상대로 손을 쓴다면 그날로 와호루의 평판은 땅에 떨어지리라.

"무슨 생각인지 모르겠으나 소란을 피울 생각이라면 삼가시오. 가만히 두지 않을 테니."

피식.

당천후는 살벌한 경비의 협박에 코웃음을 쳤다. 자신이 누구인지도 모르면서 저런 협박이라니. 평소라면 일수에 핏물로 녹여냈을 것이나, 이 와호루에 공동파의 누가 와 있는지도 모르는데 손을 쓰기가 꺼려졌다.

"운 좋은 줄 알아라. 여기가 사천이었으면 네놈은 바로 비명횡사했을 테니."

사천이라는 말에 사내의 눈이 가늘게 떨렸다. 그제야 사내도 본 것이다. 소매에 새겨진 사천당문의 표식인 녹색 사슴을.

"당문이… 왜……."

당천후는 사내의 놀란 가슴을 뒤로하고 이 층으로 올라섰다. 이 층에 올라서자 수많은 시선이 꽂혀들었다. 아래에서 그 소란을 떨었으니, 이목이 집중되는 것이 당연했다.

당천후는 주변을 돌아본 뒤 노인과 청년이 있는 쪽으로 걸음을 옮겼다.

"사천당문의 당천후라 합니다. 강호에서 독룡이란 별호로 불리고 있습니다. 견식이 부족하여 바로 알아뵙지 못한 점 사죄드립니다. 고인께서는 누구신지요."

태허 진인은 당천후와 그 옆에 매달린 흑사를 보며 혀를 찼다. 조용히 낭시의 흑사라는 놈만 보고 떠나려 했는데, 당가의 애송이가 소란을 피워서 이목이 집중됐다. 허나 그는 강호에서 잔뼈가 굵은 노고수, 이번 일 또한 필연이라 생각했다.

강호에 우연은 없다. 모든 것이 쌓이고 쌓여 만들어진 필연이라 생각하는 그는 당가의 자제와 흑사를 동시에 만난 것도 필연이라 생각했다.

태허 진인은 흑사를 향해 손을 들어 올렸다. 그가 손을 들어 올리자 흑사의 몸에 쌓인 독기가 스멀스멀 빠져나왔다.

'미친… 내 독을 허공에서 끌어내?'

당천후의 경악에 찬 얼굴을 뒤로한 채 태허 진인은 흑사의 몸에서 빼낸 독기를 손에서 이리저리 굴렸다.

독기를 둥근 공 모양으로 뭉치더니 손에서 붉은 불길이 타오르기 시작했다.

당천후가 그 모습을 보고 소리쳤다.

"삼매진화(三昧眞火)!"

삼매진화는 두터운 내공과 함께 기(氣)에 대한 극도의 깨달음이 있어야만 펼칠 수 있다는 내가기공의 발현술 중 하나다. 그야말로 극의에 이른 무공을 지닌 자만이 펼칠 수 있는 기예 중에 기예였으니 당천후가 놀라는 것도 무리는 아니리라.

"당가의 아해야, 그 입을 좀 다물라. 시끄럽다. 나는 네가 누구인지 관심이 없어. 당자홍이가 와도 내가 싫으면 안 만난다."

태허 진인은 언짢은 표정으로 당천후를 쳐다봤다. 그가 공동산 아래로 걸음을 옮긴 이유, 그것은 당가와도 연관이 있었다.

애초에 공동파는 당가가 감숙의 이권을 탐하기에 그 작태를 지켜보고 있었다.

공동산의 살림이야 풍족하진 않지만 그런대로 꾸려갈 만했기에, 그저 두고 본 것이다.

"나는 당가가 무슨 생각을 하던 큰 관심이 없어. 허나 당가는 선을 넘었지."

당가는 선을 넘어섰다. 공동산에 영물인 음양쌍두사가 있다는 정보를 대놓고 낭시에 흘렸다. 그래 그것까지는 괜찮았다. 수많은 나인들이 공동산을 헤집고 다녔지만, 산의 정기를 훼손하는 일은 없었다.

낭인들도 공동파의 위명에 대해 잘 알기 때문이다. 게다가 공동파야 애초에 그 충만한 자신감만큼이나 그들의 무공에 큰 믿음을 가지고 있었기에 영물에는 관심이 없었다.

오로지 무공의 수련에만 집중하는 이들, 그들이 구파이기에 영물과 영초 따위는 아무래도 상관없었다. 그래서 산에 오르는 낭인들을 제지하지 않았다.

"무슨……?"

당천후가 노도사의 말에 의문을 표하자 태허 진인의 안색이 더욱 찌푸려졌다.

"당가의 목적이 공동의 시선을 돌리는 것이었다면 분명 성공했다. 그런데 정도껏 했어야지. 당자홍이 감히 공동의 이름 앞에서 그리 오만 방자 할 수는 없는데 말이야."

당가가 이권을 탐해 감숙에 마수를 뻗은 것 정도는 아무래도 상관없었다. 민심을 얻지 못한 당가는 감숙에서 그리 쉽게 뿌리박지 못할 것이고, 또 오래가지 못할 것임을 알았기에.

문제는 그다음에 발생했다.

독안도라는 낭인이 공동산에 들어와 쌍두사를 잡아갔다. 그것을 빼앗으려고 당가와 낭인들이 다시 한번 공동산을 헤집었다. 이번에는 종전과 달랐다.

당가가 산에 독을 뿌리고 낭인들이 불을 지르자 공동파는 심각한 고민에 빠졌다. 구파가 아무리 마음이 넓다 해도 참아줄 수 있는 선이라는 것이 있는 법이다.

"무슨? 네놈은 아무것도 모르는군. 그렇다면 당자홍이가 계획했다는 말인데 이상하군. 그놈은 그리 무모한 놈이 아닌데."

당천후는 자신을 무시하는 듯한 노도사의 말에 분통을 터뜨렸다.

"이보시오, 노선배! 노선배가 누구인지 모르지만 어찌 한 가문의 가주를 그리 쉽게 부른단 말이오!"

"이보시오, 독룡."

옆에서 사태를 지켜보던 젊은 도사, 공명자는 독룡이 자신의 사조 태허 진인에게 고함을 지르자 싸늘하게 대꾸했다. 금방이라도 검을 뽑을 것처럼 날카로운 예기가 줄줄이 뻗어 나왔다.

"당신은 또 뭐야!"

"그만하시오, 당가의 자제분. 그리고 공명자께서도."

흑사는 독기가 빠져나간 뒤 어느 정도 정신이 들자 내력부터 점검했다. 진기를 한차례 휘돌리고 나자 혼미했던 정신이 멀쩡해졌다. 이성이 제자리로 돌아가자 그는 일단 이 사태부터 해결해야 한다고 생각했다.

"넌 또 뭔데 끼어들어!"

당천후가 고성을 높이자 흑사가 맞받아 소리쳤다.

"이분은 태허 진인이시오!"

"태허 진인이 뭐 어쨌… 태허 진인……?"

당천후는 흑사가 자신을 향해 소리치자 흑사를 후려치려다 태허 진인이라는 말에 멈칫했다.

'태허 진인이라면…….'

감숙성 공동파에 척마멸사의 기치를 내건 도사가 있었으니, 복마검 한 자루로 만부부당의 위용을 자랑하더라.

그의 이름은 태허, 그의 무용은 구파의 구존에 버금간다고 일컬어진다.

"공동파 전대 장문인!"

당천후가 외치기 무섭게 객잔 안 온갖 시선이 꽂혀들었다. 공동파의 도사는 속세에 얼굴을 잘 비추지 않기에, 일반 제자도 만나보기 힘든 것이 현실이다. 그런데 공동파의 전대 장문인이라니 쉽게 믿기 힘든 일이었다.

"맞다. 내가 태허다."

당천후는 비척비척 뒤로 물러나 포권을 취했다. 포권을 취한 손이 잘게 떨려왔다. 보는 눈이 없어도 이리 없을 수가 있나. 현 구파의 장문인과 당가주의 배분은 구파의 장문인이 반 배분 높다. 그런데 전대 장문인이라면 자신에겐 할아버지의 형님뻘이다.

"진인을 몰라 뵙고 언성을 높인 무례를 용서하시길."

당천후는 떨리는 목소리로 사죄했다. 태허 진인은 그런 당천후는 안중에도 없다는 듯 말을 이어갔다.

"아무리 생각해도 이상하단 말이지. 당자홍이 그렇게 무모한 놈은 아닌데."

당천후는 계속해서 당자홍이 이상하다는 말을 하는 태허 진인을 떨리는 눈으로 바라봤다. 당천후는 가주가 이상하다는 말을 충분히 이해했다. 아마 그 일은 형인 당천호가 계획한 일일 게다.

'형님이다. 형님이 조율한 거야.'

세가의 총관을 맡은 뒤로 당천호는 이해할 수 없는 행동을 반복했다. 그중에는 손해를 보는 일도 많았다. 계속해서 실패만 한다면 신임을 잃을 테니, 성공과 실패를 적절하게 조율했다. 세가주 당자홍은 그런 당천호의 실패를 경험 부족이라 생각해 문제 삼지 않았다. 간간히 행하는 실패만 제외하면 당천호의 일 처리는 말끔하기 이를 데 없었던 까닭이다.

"그래, 당가의 아해 놈. 이름이 당천후라고?"

"사조. 여기 있는 당 공자는 강호에서 독룡이라 불릴 정도로 독에 조예가 깊습니다."

"조예는 무슨. 저놈한테 쓴 독을 보니 조잡하기 이를 데 없었다. 뭐, 심성은 그래도 악독하지는 않다만."

'알고 있었나, 늙은이.'

당천후는 흑사를 흘겨봤다. 이목을 우려해 가벼운 어지러움증과 구토 증상만 일으키는 독을 썼다. 그 사소한 행동 하나까지 눈여겨본 것이다.

"순간적으로 화를 참지 못해 일어난 일이니, 형장께서 이 당 모를 용서해 주시구려. 신세를 졌으니, 이 당 모가 형장의 부탁을 하나 들어드리겠소."

당천후는 흑사에게 이쯤에서 일을 덮자고 제안했다. 흑사는 당천후의 제안을 받아들였다. 가벼운 독에 당하고 당가의 후기지수 중 첫째, 둘째를 다툰다는 독룡을 써먹을 기회를 얻었으니 마다할 리 없었다.

"그것보다, 진인. 어째서 저를 찾으셨습니까."

"아. 낭시 책임자, 흑사. 긴히 물어볼 것이 있어 불렀다."

당천후는 그가 잡아서 족치려 했던 인물이 버젓이 옆에 서 있자 어안이 벙벙했다. 이자가 낭시의 책임자인 흑사인줄 알았다면 무리를 감수하고서라도 데리고 도주했을 것이다. 그에게 진위 여부를 물어야 하는 당천후로선 눈앞에서 가주가 내린 명의 결과를 놓친 것이나 다름없다.

"흑사. 당가에서 부탁한 공동산의 의뢰를 해결한 자가 누구인가."

태허 진인이 흑사에게 묻자 당천후는 옆에서 속으로 쾌재를 불렀다. 손 안대고 코푸는 격이다.

"독안도 말씀이시군요. 그는 일 년 전 처음 감숙 낭시에 찾아온 낭인이었습니다. 실력은 모르겠으나, 그 눈빛이나 기세가 예사롭지 않더군요. 돈 되고 재미있는 일을 찾는다기에 당가의 의뢰서를 보여주었습니다. 그랬더니 코웃음치고 나서더군요. 그러곤 그 난장을 피워놓았습니다. 그놈 때문에 감숙의 낭시가 반토막이 났어요."

태허 진인은 흑사를 비웃었다.

"허, 기세가 예사롭다. 눈이 삐었구나. 쌍두사에 남긴 상처를 보았느냐?"

"보지 못했습니다만……."

"그러니 그렇게 생각할 수밖에. 그놈 내가 나서도 도망치면 못 잡을 정도였어. 죽자고 싸우자면 내가 당연히 이기겠지만, 그저 그런 낭인으로 굴러먹을 놈이 아니란 말이다."

태허 진인은 당천후를 돌아봤다.

"거기 당가 애송이도 당자홍이 명령으로 이곳에 왔겠지. 그 독안도인가 뭔가 하는 놈 잡으러. 몇이나 데리고 왔냐."

"…십수와 십독이 모두 동원되었습니다."

흑사와 공명자의 눈이 빛났다. 십수와 십독. 당가에서 자랑하는 최고의 타격대다. 당가의 주력 부대나 마찬가지란 이야기다.

그런 자들이 감숙을 활개치고 다니고 있는데, 온갖 정보가 모여드는 낭시의 책임자인 흑사와 구파라는 공동파에서 아무것도 몰랐다.

"책임자는 너고?"

"그렇습니다……."

태허 진인은 갑자기 크게 웃음을 터뜨렸다.

"껄껄, 이번 일은 걱정 안 해도 되겠군. 공명아 그만 산으로 돌아가자."

"예? 산으로 돌아가신다니요."

"그렇게 되었다. 고작 십수와 십독이면 그놈 옷자락도 못건드리겠구나. 뭐, 여기 당가 애송이 정도면 옷자락 정도는 스치

겠구먼."

그대로 공명의 어깨를 두드리고 객잔의 아래로 내려가는 태허 진인이다. 그 모습을 당천후와 공명자, 흑사는 얼빠진 얼굴로 보았다.

"진인! 그게 대체 무슨 말입니까!"

"잘 찾아보라. 그놈은 영물의 내단과 영초를 그대로 들고 갔다. 그만한 것은 아무나 다룰 수 없으니, 끌끌."

제십사장(第十四章)

일전(一戰)

　도상촌.

　당천후가 태허 진인의 말에 따라 수소문 끝에 찾아낸 곳이
다. 도상촌은 언뜻 보기에 평범한 마을처럼 보였다. 순박한 시
골 소년, 밭을 매는 사내들, 밥을 짓는지 구수한 냄새가 가득
한 정감이 가는 곳이었다.

　"허… 참으로 의외지 않습니까, 형님."

　당가십수 중 일수 당효문은 당천후의 옆에 서서 중얼거렸
다. 평소라면 핀잔을 주었겠지만 당천후 또한 당효문의 말에
동감하고 있었다.

"마의가 이런 곳에 있다니……."

마의. 정도 무림의 공적이 된 그가 숨어 있다고 하기엔 너무 평범한 곳이었다. 게다가 버젓이 의방을 열어놓고 마음씨 좋은 의원 행세를 하고 있지 않은가.

"일단 마의를 잡아 전후 사정을 살핀다. 그는 공적이지만 그의 의술만큼은 진짜다. 세가로 몰래 데려갈 수만 있다면 충분히 남는 장사다."

당효문이 고개를 끄덕이며 동의했다.

"일단 주변부터 살펴보겠습니다. 그는 용의주도한 자니, 도주로를 만들어놓았을지도 모릅니다. 그것부터 차단합시다."

당천후가 당효문의 말에 고개를 끄덕이자 십수와 십독이 차례로 물러났다. 당천후는 십수와 십독이 물러나는 것을 느끼고는, 한숨을 쉬었다.

태허 진인과의 만남이 있은 직후, 그는 십수와 십독 몰래 하오문에 정보를 의뢰했다. 그렇게 얻은 결과는 의외의 것이었다.

독안도.

그는 섬서땅 백호방의 방주, 여립산이었다. 소림의 속가제지 이기도 한 그는 약 일 년 전, 청해성의 마신 정고와의 일전을 끝으로 모습을 감춘 자였다. 천야차 법륜과 함께 마신에게 일격을 가한 초절정의 무인.

그런 그가 하오문의 정보망에 걸린 것은 지독한 우연이었다. 당가와의 싸움 끝에 만성독에 중독된 여립산은 민초들에게 피해를 주지 않기 위해 산길로만 이동했다.

그 와중에 약초꾼 하나와 접촉했는데, 그 약초꾼에 의해 독안도의 생김새와 섬서 지방 말투를 사용한다는 것이 전해졌다. 그다음은 쉬웠다. 하오문은 온 정보망을 동원해 여립산의 행적을 훑었다.

그렇게 확신한 결과가 구할 이상이다. 하오문의 구할은 십할이나 마찬가지다. 당천후가 직면한 과제는 마신과 일전을 결할 만큼 강대한 무공을 지닌 독안도를 어떻게 잡아내느냐 하는 것이었다.

"잘못하면 목이 떨어지겠군."

"글쎄 그대의 목은 그 누구도 가지고 싶어 하지 않을 것 같은데……."

"누구……!"

당천후는 등 뒤에서 들려오는 목소리에 반사적으로 뒤를 향해 독을 뿌려댔다. 독안에 하얀색 보도. 장대한 체구를 지닌 남자가 당천후를 쳐다보고 있었다.

"독안도……!"

"다짜고짜 독이라니, 꽤 무례하군. 당가인가?"

"그렇소. 당천후라 하지요. 독안도가 싫다면 '백호방주라 불

제십사장(第十四章) 일전(一戰) 187

러 드리리까?"

"백호방주라. 알아챘나. 생각보다 조금 빠르군. 그것은 좋을 대로 하게. 그보다 당가의 자제께서 예까진 무슨 일인가."

여립산은 굵게 자란 턱수염을 매만지며 하나 남은 눈을 번 뜩였다. 그 이유 여하에 따라서 싸움을 할지, 아니면 그대로 돌아설지 결정하려는 것이다. 당천후는 그런 여립산을 보며 긴장감에 물들었다.

"가주께서 공동산의 의뢰를 해결하신 분을 보고 싶어 하시 오. 그래서 찾아 나선 참이지요."

"의뢰라. 재미있는 말을 하는군. 나는 의뢰를 받은 적이 없 다. 물론, 그런 의뢰가 있는 것을 보기는 했다만. 그리고 영물 의 내단을 찾는 것이라면 이미 없으니 그만 돌아가는 것이 좋 을 게야."

여립산이 말을 마치자마자 백호도에 손을 가져다 댔다.

돌아가라. 돌아가지 않는다면 베겠다는 뜻을 내비춘 것이 다. 당천후는 속으로 욕지기를 내뱉었다. 초절정의 무인이라 하나 눈먼 칼에 찔려 죽을 수도 있는 것이 강호인이다. 싸워 보기 전까지는 그 결과를 알 수 없다. 지금도 마찬가지.

'십수와 십독이 있다면 어떻게라도 해볼 텐데……'

당천후의 얼굴에 갈등의 빛으로 물들었다. 소란을 피우면 금세 십수와 십독이 돌아오겠지만 그 전까지 자신의 목숨이 붙어 있을 거라는 장담을 할 수가 없었다. 당천후가 고민하고 있을 때, 여립산이 그의 고민을 덜어주었다.

"아! 아까 사방으로 뛰어나간 놈들을 생각하는 거라면 그만두는 게 좋아. 나보다 더한 놈이 쫓아갔으니까. 죽이지는 않을 테지만 병신 신세는 면치 못할 걸세."

당천후는 여립산의 말에 하오문에서 얻은 정보가 떠올랐다. 그와 행동을 함께하는 자. 독안도가 마신에게 일격을 먹이기 이전에 그를 상대했다 알려진 자다.

'천야차 법륜!'

이제야 모든 조각이 맞춰진 느낌이다. 초절정고수가 갑자기 당가의 의뢰에 끼어든 것, 당가의 무인들이 여립산을 잡지 못한 점. 장문인의 자리에서 물러난 태허 진인이 갑작스럽게 난주에 걸음을 한 점 모두 이해가 됐다.

"천야차… 그가 부상을 입었군. 그런데 우연히 마의에게 치료를 받았다? 아니, 아니군. 마의가 있는 곳을 알고 있었어. 헌데 부상이 생각보다 심했던 거지. 그래서 영물의 내단을 취해 상세를 회복했다라… 이러면 말이 되는군."

당천후가 홀로 중얼거리며 추론하자 여립산은 도를 뽑아들었다.

"자, 거기까지. 내 많이 알려준 셈이네. 이 정도면 당가주도 자네를 문책할 수 없을 테니, 그만 물러나시게. 내가 손을 쓰기 시작하면 사질이 움직이기로 되어 있네."

당천후는 여립산의 배려 아닌 배려에 허탈하다는 감정을 내비쳤다. 이러나저러나 가주의 문책은 못 피한다. 세가 내 최고의 후기지수 중 한 명인 자신이 십수와 십독을 동원하고도 아무 성과 없이 돌아간다면 비웃음을 살 것이 뻔했다.

"고맙소만, 이대로 돌아가나 적당히 맞고 돌아가나 똑같을 거요. 이왕이면 뒷말 안 나오게 적당히 두들겨 맞고 가야겠소이다."

"허, 굳이 벌주를 마시겠다는 말인가?"

"그렇게 됐습니다, 선배. 다시 소개하겠소. 사천당문의 당천후요. 독룡이란 별호로 불리고 있소이다. 물러서야 함을 아나 이대로 돌아간다면 면이 서질 않으니, 적당히… 부탁드리겠소이다."

여립산은 당천후가 마음에 들었다. 군자라면 굽혀야 할 때 굽히는 것이 부끄럽지 않은 일이나, 무인으로서 그러긴 쉽지 않다. 죽을 줄 알면서도 달려드는 것, 그것이 무인의 기개고, 정신이다. 허나 자신의 목숨을 초개처럼 버리는 것은 미련한 짓.

그런 면에서 당천후는 여립산에게 꽤 후한 점수를 얻었다.

명분은 명분대로, 실리는 실리대로. 그러면서도 당당하다. 자존심을 굽힐지언정 버리진 않는다.

"좋네, 자네의 목숨은 내 장담하지. 헌데 아까 사방으로 뛰어간 놈들… 그놈들은 장담 못 해. 다 죽거나 병신이 될 거다. 그래도 좋다면 간다."

여립산이 허공에 도를 붕붕 휘둘렀다. 가볍게 휘두르는 손짓에도 대기가 진동했다. 당천후는 그 모습을 보면서 생각했다.

'죽었다.'

＊　　　　＊　　　　＊

법륜은 마의의 의방에서 사방으로 흩어지는 인형들을 기감으로 잡아냈다. 금강령주가 진동하자 기감이 확장되며 그들의 움직임이 생생하게 느껴졌다.

'퇴로를 차단한다? 어리석은……'

어리석었다. 퇴로란 상대방이 도주할 경우에나 쓸모 있는 것이다. 고작해야 일류, 게다가 사숙이 찾아간 자는 갓 절정에 오른 이가 아니던가. 그런 그들을 상대로 초절정고수 두 명이 도주를 한다? 지나가던 개가 웃을 일이다.

"오지 않고 퇴로부터 끊겠다면 내가 직접 가주는 수밖에."

법륜은 마의에게 고개를 한 번 숙였다. 무공을 모르는 그는 누군가 자신의 목숨을 노린다는데도 의연한 모습을 잃지 않았다. 법륜은 다시 한번 만류귀원이라는 말을 떠올렸다.

무공이든, 학문이든, 혹은 그것이 의술이 되었든 경지에 오르면 사람이 달라진다. 마의 가염운은 그런 사람이다. 경지에 오른 사람. 스스로에게 당당하기에 스스럼이 없다. 두려움에 떨지도 않는다.

'시간이 나면 가 선배의 과거도 수소문해 봐야겠군. 마귀의 의원이라.'

법륜은 땅을 박차고 날아올랐다. 순식간에 하늘로 솟구쳐 내달리는데도 그 흔한 바람 한 점의 떨림도 없다. 강맹함만을 중시하던 소림의 경공을 크게 상회하는 모습이다. 이제 소림에서 경신법으로 그와 견줄 수 있는 자는 없으리라.

법륜이 새처럼 날아서 벌처럼 쏘아진 곳은 기감에 걸린 스무 명 중 가장 강한 기파를 지닌 자가 있는 곳이었다. 법륜이 내달리자 바람을 가르는 소리가 들렸다.

쒜엑—

일수 당효문이 이상함을 눈치챈 것은 법륜이 이미 그의 등 뒤를 점하고 사혈에 손을 올린 뒤였다.

"누구인가. 이 적막한 산골에 일류무인이 스물이라. 목적 없이 찾아왔다기에는 너무 속이 보이질 않는가."

당효문이 몸을 꿈틀거리며 움직이려 하자 법륜은 가차 없이 손가락을 밀어 넣었다. 반치만 더 들어가도 즉사다. 당효문은 그 사실을 잘 알았다.

"왜 이러시오. 누구시기에 이리 악독한 수를 쓴단 말이오."

"내가 다 묻고 싶군. 누구기에 예까지 찾아왔나."

법륜은 당효문을 이리저리 살폈다. 일류에 이른 무인 스무
명 중 가장 강한 자기에 함부로 살수를 펼칠 수 없었다. 일단
어디 소속인지부터 알아야 한다.

"소매에 녹색 사슴이라. 사숙에게 이야기는 많이 들었다만
이렇게 보기는 또 처음이군."

"사숙······?"

"모르고 왔나? 당가라면 모르고 왔을 리가 없을 텐데."

법륜이 미간을 좁혔다. 무슨 연유에서인지 모르겠지만 이
자는 자세한 속사정에 대해서는 모르는 것이 분명했다. 당가
라면 거대 세가이니 조금 더 조직적으로 움직일 줄 알았는데
아는 것이 그리 많아 보이지 않았다.

"혹 독안도를 찾아왔나?"

"독안도! 맞소이다. 나는 그저 독안도를 찾아왔소. 나쁜 이
유로 찾아온 것이 아니니 그만 살수를 거두시오!"

"나쁜 이유로 찾아온 것이 아니다? 선자불래 내자불선이라
했지. 당가의 무인이, 그것도 스무 명이나 되는 타격대를 이끌
고 퇴로를 차단하면서 불경한 의도를 가지고 온 것은 아니다
라. 그 말을 믿을 것 같은가?"

법륜은 그저 손가락으로 당효문의 사혈을 툭 밀었다. 내력이 실리지 않았기에 죽음에 이르진 않았으나 상당한 고통이 느껴졌다.

"커윽. 나 당가십수의 당효문이오. 대체 누구신지 모르겠지만 이런 짓을 했다가는 당가의 추격을 받을 것이오!"

"얼마든지. 바라던 바다. 독안도는 내 사숙이다. 이 못난 사질 때문에 사천당문에 적잖은 손해를 보셨지. 그 빚을 갚을 좋은 기회인데, 왜 내가 손에 사정을 두어야 하나?"

"젠장! 독안도의 사질? 그래서 어쩌라고!"

"어쩌긴 무얼 어쩐단 말인가. 그저 부딪쳐 보면 되겠지. 나는 당가에 빚이 있고, 당가는 내 사숙에게 원한이 있는 것 같으니 말이야."

법륜은 저 멀리 보이는 산등성이를 올려다봤다. 느껴지는 기파는 고작해야 절정. 당가가 독과 암기에 능하다지만 사숙은 절대 그런 무공에 당할 사람이 아니다. 믿고 맡겨도 문제없을 터.

'이자를 어떻게 한다?'

무턱대고 손을 쓰기엔 꺼려지는 면이 있었다. 당가라는 이름이 부담스러운 것은 아니다. 그저 마신에게 구원을 갚기 전에 새로운 원한을 만들어내는 것에 거부감을 느낀 탓이다.

"할 수 없군. 놓아주마. 함께 온 자들 모두 데리고 떠나라.

저기 산등성이에서 지켜보는 놈까지. 기회를 주었으니, 그 뒤에 수작을 부린다면 목숨을 거두겠다. 알겠나?"

"알겠소. 수작 따윈 부리지 않을 테니 어서 손이나 떼시오!"

법륜이 검결지를 풀어 손바닥으로 살며시 당효문의 등을 밀었다. 당효문은 법륜의 손이 떨어지는 순간 등을 돌려 소매에 감춰둔 암기를 던졌다.

피잉!

나비처럼 팔랑거리며 날아가는 철접비(鐵蝶匕)는 곧장 법륜의 미간을 노리고 날아갔다. 나풀거리며 날아드는데도 그 속도가 굉장했다. 당효문은 법륜이 무슨 생각으로 그를 풀어준지도 모른 채 철접비를 떨쳐낸 뒤 득의의 미소를 지었다.

'흐흐, 철접비는 쉽게 막을 수 있는 암기가 아니지. 고작 기습으로 내 뒤를 점한 놈 따위는 한 수에 녹여 버릴 터.'

"하."

법륜이 암기를 출수한 후 득의의 미소를 짓는 당효문을 보며 어이없다는 듯 한숨을 쉬었다. 법륜의 손이 올라갔다.

"기회를 줘도."

법륜의 철탑신추 일초, 붕산의 일격이 당효문의 눈에 가득 들어찼다. 산을 무너뜨린다는 이름을 붙일 정도로 강맹한 일격이 담긴 수법이다.

"꼭 이렇게 해야겠지. 너희 같은 놈들은."

파아아앙.

날아든 철접비가 공중에서 산산조각 났다. 그리고 그 광경을 지켜보던 당효문의 표정도 부서져 퍼질 줄을 몰랐다.

허공에서 철접비가 터지자마자 법륜은 발을 차올렸다. 이 자에겐 해일도 아깝다. 무형사멸각 보검난파가 땅을 가르며 당효문에게 날아갔다. 그때까지도 당효문은 그 자리에 얼어붙어 움직이지 못했다.

당효문은 허공에서 철접비가 터지는 순간 일이 잘못되었다고 생각했다. 결코 저렇게 쉽게 막힐 암기가 아니었다. 게다가 철접비를 제대로 던지기 위해 얼마나 많은 시간을 수련에 매진했던가.

'잘못된 판단이었나.'

독안도의 나이는 사십 대 중반. 그의 사질이라 하면 바로 아랫 배분이니, 이십 대 중반이나 후반의 나이다. 당효문은 명문이라 불리는 당가에서 십 년을 넘게 수련한 고수다.

자신과 비슷한 연배이니, 비장의 암기술을 막아낼 수 있을 거라는 생각은 하지 않았다.

'스승님이었다면 어떻게 했을까.'

당효문은 자신의 스승이자 전대 당가십수의 수좌였던 혈접수라(血蝶修羅) 당철기를 떠올렸다. 스승이었다면 함부로 암기를 던지지 않았을 것이라는 생각이 들었다. 확신에 확신이 더

해져야 움직이는 사람이니.

허나 이제와 후회해 봐야 너무 늦었다. 이미 벌어진 일. 지금은 살기 위해 최선을 다해야 한다. 가볍게 쳐낸 발길질에 강기가 담겨 있으니 막으면 즉사다.

'피한다.'

"우와아아—!"

당효문은 연달아 암기를 떨쳐내고 뒤로 물러나 허리춤에 묶인 채찍을 꺼내 휘둘렀다. 편법이고 자시고 초식을 펼쳐낼 틈도 없이 진기를 담아 마구잡이로 흔들었다.

그런 노력이 가상해서였을까, 법륜의 가볍게 차올린 사멸각은 당효문의 녹편에 막혀 사그라졌다. 당효문은 해냈다는 표정으로 숨을 몰아쉬었다.

'조금만 버티자. 큰 소리가 났으니 십수와 십독이 모일 거야. 그러면 해볼 만해.'

"흩어진 자들을 기다리나?"

"독안도가 악독한 손속으로 여러 사람을 불구로 만들었다더니, 그 사질은 더하구나. 게다가 그 나이에, 그 무공. 마공이 아니고서야 어찌 그런 성취를 이룰 수 있단 말인가."

"재미있군. 시간을 끄는 겐가? 마공이라, 일전에도 그런 적이 한 번 있었지."

법륜은 웃으며 당효문에게 다가섰다.

"화륜대라고 들어봤겠지? 같은 정도팔대세가이니."

당효문은 법륜이 곧바로 손을 쓰지 않고 말을 건네오자 속으로 안도의 한숨을 쉬었다. 계속해서 조금만 버티자며 마음을 다잡았다. 후들거리는 다리가 장포에 가려져 보이지 않는 것이 천만 다행이었다.

"물론이다. 구양세가의 타격대가 아닌가."

"그들도 처음엔 내 무공을 보고 마공이라 떠들었지. 그런데 곧 그 말을 철회했어. 왜인지 이유가 궁금하지 않나?"

"궁금하지 않다. 아니, 궁금하다!"

당효문은 법륜의 물음에 얼떨결에 한 대답을 계속해서 번복했다. 시간을 끌어야 하는데 너무 격양된 감정이 엉뚱한 대답을 한 것이다. 그는 이미 정신이 반쯤 나가 있는 것 같았다. 법륜은 그런 당효문의 상태에 큰 관심이 없었다. 그저 흩어졌던 당가의 무인들이 모여들기를 기다렸다.

"왜냐하면 내 사문이 소림이기 때문이지. 들어본 적이 있을 것 같은데."

'독안도, 사질, 소림.'

"천야차!"

"맞아, 내가 천야차 법륜이다. 그리고……."

법륜은 말과 동시에 당효문을 지나쳤다. 당효문은 당가십수라는 명성에 걸맞지 않게 얼어붙어 움직이지 못했다.

"나는 강해. 그런데도 아직 무공에 대해 타는 듯한 갈증을 느낀다. 당가의 무인이여, 그대가 얼마나 많은 무를 쌓아왔는지 모르겠지만… 오늘은 뭘 해도 안 될 거야. 내가 그렇게 만들 거거든."

법륜의 말이 끝나는 순간 수풀과 나무를 헤치고 온갖 암기와 독기가 날아들었다. 법륜은 금강령주를 발동시켰다. 순식간에 불광벽파가 모습을 드러내 법륜의 몸을 감쌌다. 그와 동시에 법륜이 돌진한다.

'빠르게 정리한다.'

콰아앙—

불광벽파에 담긴 기운은 무시무시했다. 암기와 독기가 법륜의 몸에 닿기도 전에 엄청난 힘으로 튕겨냈다. 순식간에 암기가 주변 나무에 박히고, 독기가 튀어 대지가 누렇게 물들었다.

"젠장! 그냥 덤비지 마! 상대가 안 된다. 육합귀문진(六合龜門陳)을 짜!"

얼이 빠져 있던 당효문이 법륜의 불광벽파에 밀려나는 십수와 십독을 보며 정신을 차렸다. 법륜은 뒤를 돌아 당효문을 일견하곤 아무렇지도 않다는 듯 양손을 들어 올렸다.

피익.

스무 개의 지력이 거의 동시에 쏘아졌다. 순식간에 십수와 십독의 몸에 도달하는 지력이다. 동시다발적으로 신음성이 튀어 나왔다.

"컥."

당효문의 외침이 무색하게 당가십수와 당가십독은 채 진용을 짜보지도 못한 채 무너졌다. 그래도 법륜의 지력에 완벽하게 무너진 것은 아니어서 틈틈이 암기를 내던지거나 독기를 뿜어내는 자들이 있었다.

법륜은 날아드는 암기들을 불광벽파의 방패로 막아낸 뒤 힘차게 발을 굴렀다. 법륜의 몸이 허공에서 유영했다. 양손이 뒤로 당겨졌다 뻗어졌다. 참으로 오랜만에 펼쳐보는 적로 제마장이다. 붉은색 장강(掌罡)이 줄기줄기 이어졌다. 그리고 그 끝에 폭음이 연달아 터졌다.

콰아앙, 쾅, 콰아앙.

법륜은 제마장을 출수한 후 땅에 내려서 손을 휘저었다. 법륜이 손을 휘젓자 자욱하게 일어난 먼지구름이 순식간에 가라앉았다.

'확실히 금강령주로 펼쳐내는 무공이 더 위력적이다. 하지만 진기 소모가 너무 심해. 기의 흐름이 원활하지 않다는 증거다. 더 분발해야 해.'

법륜은 곳곳에 쓰러져 신음하는 십수와 십독을 일견했다.

"당가. 일부러 목숨은 끊지 않았다. 사숙에게 더 큰 문제가 있었다면 숨을 붙여놓지 않았을 거다."

법륜은 그대로 몸을 돌려 걸었다. 마의가 머무는 의방으로 돌아가려는 것이다. 산등성이에 올라선 여립산이야 그 무위가 확실하니 걱정할 필요가 없겠지만, 자신도 알아차리지 못할 고수가 마의를 노릴까 저어되었다.

법륜의 발걸음이 빨라졌다.

*   *   *

"저쪽은 벌써 시작한 모양이군."

여립산은 백호도를 도집째 어깨에 올려 툭툭 흔들었다. 도집이 어깨에 부딪히며 기분 좋은 소리가 났다. 연달아 울리는 폭음에 장단이라도 맞추듯 가볍고 경쾌하게 두드린다.

당천후는 그런 여립산의 여유가 무척 부담스러웠다. 십수와 십독이 돌아오기를 기다렸건만 들려오는 폭음은 당천후에게 절망만 가져다주었다. 암기와 독공은 저런 폭음을 동반하지 않기 때문이다.

"왜 무엇을 망설이시나. 기다리던 조력자가 도달하지 못해서 그런가?"

"부끄럽지만 그렇소이다."

여립산은 당천후의 말에 짙은 미소를 지었다. 그저 허명만 믿고 날뛰는 애송이로 생각했는데, 생각보다 잘 굽힌다. 잘 굽힌다는 것은 세태를 파악하는 데 능하다는 뜻과 다름없다.

'저런 놈이 명줄이 길지 보통.'

그것과 지금의 상황은 별개다. 그와 법륜이 이렇게 모습을 드러내고 나선 이유는 다른 것이 아니다. 마의 가염운 때문이다. 법륜이 무공을 회복했고, 자신의 무공도 이전과 비교했을 때 일취월장했다 해도 과언이 아니다.

허나 마의는 아니다. 마의는 무공을 모르는 평범한 의원이다. 비록 그 의술이 하늘에 닿았다 평가되어도 삼류무사의 칼 아래 목숨을 잃을 수 있는 것도 그였다.

그래서다.

세간의 이목이 집중된 당금의 상황에서 이들이 모습을 드러낸 이유. 공적이나 다름없는 마의 대신에 미끼 역할을 할 심산인 것이다.

"뭐, 아무리 기다려 봐야 조력자들이 올 거라는 생각은 들지 않는군. 나도 끝을 볼 생각은 없으니, 그저 선배에게 한 수 배운다 생각하고 들어와 보게."

당천후는 그 말에 안도의 한숨을 쉬었다.

백호방주. 당금은 백호방주보다 독안도라고 더 많이 불리고 있는 여립산이다. 그의 무위는 절대 가벼운 것이 아니다.

별다른 강호행을 하지 않았음에도, 그 무공을 드러내 보인

적이 없음에도 구양세가가 그를 자신의 앞마당이나 다름없는 한중에 방파를 열도록 허락한 것은 절대 가벼이 볼 사안이 아니다.

게다가 그의 뒤에는 소림이 있다.

애초에 독안도가 소림의 속가라는 말이 돌았다면 가주도, 구렁이같이 속을 알 수 없는 당천호도 이번 일을 행하지 않았을 게다.

"좋습니다. 그러면 염치 불고하고 후배가 선공을 취하겠습니다. 강호의 친구들이 독룡이라 불러주는 만큼 독으로 상대하겠으니, 부디 조심하시길."

"괜찮다. 들어오라."

당천후는 품에서 녹피 장갑을 꺼내 양손에 끼웠다. 질 좋은 사슴 가죽으로 만든 장갑이 손가락 사이사이에 착 달라붙어 기분 좋은 촉감을 선사했다. 장갑을 낀 당천후는 품에서 자기병 하나를 꺼내 들었다.

"칠보단혼사(七步斷魂蛇)의 독입니다. 흔히 단혼독이라고도 하지요. 이 독을 사용하겠습니다. 이것을 견뎌내신다면 제가 진 것으로 하고, 이번 사태에 대해 가주께 아뢰어 책임을 지겠습니다."

"좋다. 최선을 다하라."

여립산은 당천후가 처음 생각했던 것보다 마음에 들었다.

당가의 무인에게 독이란 무공 그 자체다. 강호에서 독이란 하수나 사용하거나, 비겁한 수법으로 폄훼받게 마련이다. 허나 그런 독을 사용하면서도 당천후는 당당했다.

당가의 무인들이 구파가 보이는 곳에선 독 대신 암기를 꺼내 드는 일이 다반사이기에, 당천호의 당당한 선택은 여립산에게 호감으로 다가왔다.

후배가 선배를 대함에 있어 자신이 가진 바를 다 털어놓지 못한다면, 앞 물도 뒤의 물도 고여 썩어버리리라.

"사독염지(蛇毒染地)라는 초식입니다."

당천후의 말과 함께 녹피 장갑을 낀 손이 번뜩였다. 자기병을 그대로 깨뜨려 독기를 퍼뜨린 것이다. 당가 독공의 무서운 점이 여기에 있었다. 보통 사람이라면 감히 엄두도 내지 못할 온갖 독물들을 무기로 사용한다.

독공을 익히는 방식은 두 가지가 있다. 전자는 독물의 독을 직접 흡수해 사용하는 방법이고, 후자는 독물의 독을 흡수하지 않고 직접 사용하며 내력으로 조종하거나 다스리는 방법이다.

독룡 당천후는 후자의 방법으로 독공을 사용했다.

깨진 자기병에서 새어 나온 독이 당천후의 내력에 섞여 들며 살아 있는 것처럼 움직이기 시작했다. 단혼독은 마치 자신이 살아 있는 단혼사라도 된 것처럼 움직였다.

여립산은 깨진 자기병에서 단혼독이 흘러나오자 긴장하기 시작했다. 칠보단혼사의 독을 우습게 생각했다간 큰 코 다친다. 괜히 일곱 걸음 만에 혼을 잘라낸다고 이름이 붙은 것이 아니다.

여립산은 몸속 충만한 진기를 꺼내 들었다. 진기를 휘돌리자 감각도로 증폭된 오감이 날이 선 듯 일어섰다. 여립산은 오감이 전부 깨어나자 자신이 괜한 긴장과 걱정을 했다는 생각을 떨칠 수 없었다.

'허, 감각도에 이런 묘용이 있을 줄이야.'

보였다. 들렸다. 냄새가 났다. 긴장으로 곤두선 피부가 찌르르 울려왔다. 당천후의 손짓에 움직이는 독무(毒霧)가 온몸으로 느껴졌다. 여립산은 도를 땅에 꽂았다. 이 정도면 도를 뽑을 필요도 없었다.

'사질 흉내나 좀 내볼까.'

여립산은 도를 땅에 꽂자 당천후의 얼굴이 굳어졌다. 여립산은 아랑곳하지 않고 발을 박찼다. 백호의 진각이 산중에 울려 퍼졌다. 법륜의 야차능공제라 하기엔 너무 호쾌하다.

법륜의 천공고를 흉내 낸 어깨치기다. 독무가 채 퍼지기도 전에 그 사이를 돌파해 몸을 돌진시켰다. 강력한 진각과 함께 여립산의 몸이 당천후의 몸에 박혔다.

"커억!"

당천후는 비명을 지르며 뒤로 날아가는 와중에도 사력을
다해 손을 움직였다. 여립산의 어깨치기에 가슴이 격중되면서
내력의 흐름이 일순간 끊겼다. 독의 중독을 막아주던 육합귀
원공(六合歸元功)이 흩어지면 끝이다.

아무리 독하면 당가라지만 당가의 자제라 해서 독에 중독
되지 않는 것은 아니다. 오히려 당가의 자제가 독에 중독된다
면 그보다 큰 망신은 없으리라. 당천후는 사력을 다했다.

'일단은 뒤로 밀어내자. 단혼독이 아깝기는 하지만 할 수 없
다.'

당천후는 끊기는 내력을 다잡아 손으로 밀어넣었다. 비실비
실한 장력이 뻗어나가 흩어지려는 단혼독을 사방으로 밀어냈
다. 아마 한동안 이 땅은 죽음의 대지가 되리라.

여립산은 당천후가 가슴을 격중당한 상태에서 방어 초식이
아니라 허공에 장력을 뻗어 독기를 사방으로 몰아내자 그만
공격을 멈추고 말았다.

"흠!"

여립산의 얼굴엔 불편한 기색이 역력했다. 자세한 사정을
모르니 왜 허공에 헛손질을 하는지, 내력이 진탕된 상황에서
웃음을 짓는지 알 길이 없었다. 당천후는 여립산의 안색이 변
하자 급하게 변명했다.

"선배, 제가 졌습니다. 내력이 흩어졌습니다. 이제 그만하시

지요."

당천후는 고통으로 일그러진 얼굴을 감추려 애쓰며 여립산을 향해 외쳤다. 여립산은 그런 당천후를 외면한 채 다가섰다. 그런 그의 얼굴은 고심으로 얼룩져 있었다.

'여기서 이 아이를 보내준다면 앞으로 당가의 추격을 배제할 수 없겠지. 그렇다고 여기서 죽이자니 내가 한 약속을 어기는 꼴이니.'

그런 여립산의 고민이 얼굴에 그대로 들어났는지 당천후는 최선을 다해 일어서기 위해 노력했다. 만약 여립산이 안면 몰수 하고 손을 쓴다면 자신은 여기에서 죽을 수밖에 없다.

십수와 십독이 간 곳에선 어느새 폭음이 끊긴 상태, 시간을 끌어도 도움을 줄 수 없으니 자신은 자신대로 살기 위해 노력을 해야 한다.

"선배. 이 당천후, 여기에서 죽을 생각은 없소이다. 이런 이름 모를 산중에서 죽기 위해 무공을 익힌 것이 아니오."

여립산은 그 말에 코웃음을 쳤다.

어느 누가 죽기 위해 무공을 익힌단 말인가. 남을 죽이려는 자는 자신이 죽을 것도 언제나 상정해 두고 싸움에 임해야 하는 법이다.

"말도 안 되는 소릴 하는군."

당천후도 그 말이 사실이란 사실을 너무 잘 알았다. 허나 어쩌겠는가. 일단은 살아야 원한을 잊든 복수를 하든 할 것이 아닌가.

"말이 되오. 선배가 망설이는 것 같으니·말씀드리겠소. 나는 지금 내 목숨을 담보로 선배와 거래를 하고 있는 겁니다."

여립산은 땅에 꽂아놓은 도를 어깨에 들쳐 멨다. 그러곤 다시 어깨를 두드리기 시작했다.

"거래라. 자네가 지금 나에게 해줄 수 있는 것이 무엇이 있나?"

"지금은 없습니다. 허나 앞으로 발생할 사태를 미연에 방지할 수는 있겠지요."

당천후는 여립산에게 당가의 추격을 멈추어 줄 것을 제안했다. 지금 당천후가 제시할 수 있는 거래의 조건은 그것뿐이다.

'당가 최고의 후기지수 중 한 명이니 그 언행이 가볍지만은 않을 터. 허나 이대로 일을 처리하기엔 사안이 가볍지 않구나. 이 아이를 어디 좀 묶어두었으면 좋겠는데.'

여립산은 법륜을 떠올렸다.

괴물 같았던 사질은 이제 완전히 괴물이 되었다. 당가의 절공이라는 암기술도, 독공도 이제는 왠지 소용이 없을 것만 같은 그런 괴물. 그런 괴물이 사천으로 가고자 했다.

당가가 아무리 추격을 멈추어도 자신의 앞마당까지 찾아온 손님을 박대하지는 않을 것이 자명한 일. 결국 법륜이 사천으로 간다면 당가와 다시 부딪칠 수밖에 없다.

그리고······.

'결국 다시 부딪친다면 이 친구의 신상에도 별 도움은 안 되겠지.'

어차피 다시 만나게 되면 또 싸우게 될 테니까. 그때는 피할 수도, 목숨을 구걸할 수도 없다. 자신이야 함부로 남의 목숨을 빼앗지 않을 테지만, 사질의 앞을 끝까지 막아선다면 그 끝은 죽음뿐이리라.

여립산은 마음속으로 결정을 내렸다.

법륜의 사천행, 그것을 함께하기로. 법륜의 사천행을 막을 것이 아니라 바른 길로 인도하자고.

'나이가 들면 걱정만 많아진다더니.'

사천행의 결과는 아직 미지수다. 법륜이 원하는 바가 결국 소림 내에서 하나의 파벌을 만드는 것과 다름없다. 지금이야 모르지만 앞으로 저 괴물 같은 사질이 십 년간 수련한다고 생각해 보라. 그때에는 소림 내에서도 법륜을 막아설 자가 아무도 없으리라.

강대한 무력과 소림 내에서의 세력. 결국 그의 뜻대로 소림을 발아래 두고 좌지우지할 수 있게 되리라. 자신의 뜻을 따르는 자들을 우대하고, 반대 파벌을 억누르면서. 여립산은 솔

직히 그것도 나쁘지 않다고 생각했다.

허나 방법이 문제였다.

그 또한 신실하진 않지만 소림에 적을 두고 불경을 공부한 사람이다. 법륜의 그런 과격한 방법이 사문에 누를 끼친다고 생각했다. 그래서 그를 제어할 수단이 필요했다. 그리고 여립산 자신이 그 수단이 될 생각까지도 하고 있었다.

"좋아. 소림과 당가의 관계를 생각해서 목숨을 거두지는 않겠네. 같이 온 자들, 누구지?"

"십수와 십독입니다."

"흠. 강수는 강수로군. 전대는 아니겠지?"

전대 당가십수와 당가십독.

이들은 현 세대를 이끌어 가는 당가십수와 십독과는 차원이 달랐다. 백전을 경험한 절정의 고수들. 그뿐만이 아니다. 세가에서 암약하고 있을 전대의 고수들과 빈객들이 문제다. 여립산이 당가와의 일전을 가장 꺼리는 이유이기도 하다.

"저와 같은 배분입니다."

당천후는 여립산의 물음에 그가 굉장히 많은 고민을 하고 있다는 생각을 지울 수 없었다. 전대와 현대는 그만큼 많은 차이가 난다. 당천후 본인이 당가에 돌아가서 어떤 말을 하던 가주는 가문의 명예를 위해 독안도와 천야차를 잡기 위해 혈안이 될 것이다.

"독안도 선배. 가주가 추격대를 구성하지 않도록 시선을 돌리겠습니다. 그러니 이대로 보내주시지요."

여립산은 당천후의 말에 고개를 끄덕였다. 하지만 그대로 당천후의 제안을 수용한 것은 아니었다.

"좋네. 그러면 잠시 기다리지. 사질이 오면 상의 후에 보내주도록 하겠네."

여립산이 굳은 얼굴로 말하자 당천후의 얼굴이 일그러졌다. 십수와 십독이 어찌 되었는지도 모르는 상황에서 천야차를 기다린다? 당천후는 그 말을 달리 받아들였다.

"끝내 그렇게까지 하셔야겠습니까!"

"뭔가 오해를 한 모양이군. 자네들은 무사히 당가로 돌아갈 거야. 거기다 우리는 만난 적이 없는 게지. 사천으로 돌아가 할 변명은 스스로 준비해야겠지만… 이보다 더 좋은 선택이 있을까?"

당천후는 여립산의 말에 말문이 막혔다.

어쩌다 이 지경까지 왔는지. 당가의 명예는 차치하고서라도 후기지수 중 최고라 여겨지는 세가구룡(世家九龍)의 이름은 그리 가볍지 않다. 팔대세가에서 가장 뛰어난 기재들만 모아 한데 묶어 부르는 이름, 세가구룡.

구파의 제자들이 빠졌다지만 세가구룡이라 하면 중원 천지에서 알아주는 후기지수들이다. 게다가 당가는 소가주 암룡과 독룡 당천후 자신까지 두 명이나 그 이름을 올리지 않았던 가. 이번 일이 알려지면 자신은 세가구룡의 칭호를 박탈당하는 것을 넘어서 세가 내에서 누리던 특권 상당수를 반납해야 할지도 모른다.

'그럴 순 없지. 일단은 독안도의 말대로 한다. 문제는 천야차인데……'

당천후의 고민이 깊어만 갔다.

사락.

수풀을 헤치는 소리가 들리고 인형의 그림자를 드리웠다. 당천후는 제발 그 소리가 십수나 십독 중 한 사람의 것이었으면 하는 바람을 했다. 허나 그의 바람은 물거품이 되었다.

'천야차……!'

수풀을 헤치고 나타난 사람은 법륜이었다.

"사숙."

법륜의 신색은 고요했다. 여립산은 법륜이 상대한 자가 누구인지 당천후를 통해 알고 있었으나, 굳이 내색하진 않았다. 십수와 십독 모두를 상대하고도 온전한 법륜도 굳이 그 사실을 묻지 않았다.

"사숙, 이자는?"

"인사 나누시게. 사천당가의 독룡 당천후 소협일세."

법륜은 심유한 눈으로 당천후를 돌아봤다. 여립산이 굳이 지금 이 상황에서, 이자를 소개한 이유는 무엇일지. 법륜으로선 알 수 없었다. 당천후는 천연덕스럽게 인사를 나누라는 여립산을 황망한 눈으로 올려다봤다.

"당가. 그럼 아까 그자들도 당가의 인물이라는 건데."

법륜의 미간이 좁혀졌다.

"그렇다네. 십수와 십독이라 하지. 혹 죽인 것은 아니겠지?"

"물론입니다. 누구인지도 모르는데 함부로 살수를 쓸 수는 없지요. 다만 무공을 회복하기 위해선 상당한 시간이 걸릴 겁니다. 그리고⋯⋯."

법륜은 당천후를 보며 속으로 혀를 찼다. 사숙의 의도가 너무 눈에 뻔히 보였다. 자신이 사천행을 말할 때 못마땅해하던 기색을 생각해 볼 때, 당가와의 관계 개선을 위해 저리 노력하시는 겔 게다.

"법륜이오. 독룡이라 했지요?"

당천후는 저도 모르게 고개를 끄덕였다. 법륜은 잠깐의 고민 끝에 여립산의 제안을 받아들이기로 했다. 소림과 당가의 관계를 생각할 때, 무조건 적대는 그 자신에게도 소림에게도 좋지 않다는 판단 하에서였다.

"돌아가시오. 그대가 당가에 돌아가 무슨 말을 해도 개의치 않을 터이니 가서 전하시오. 감숙의 원한은 이것으로 접어두겠다고. 허나 계속해서 앞길을 방해한다면⋯⋯."

법륜의 광폭한 두 눈이 당천후를 노려봤다.

"당가와의 일전도 불사하겠다고 말이오. 이만 가시오. 눈앞에 두고도 참기 힘드니."

법륜은 그대로 등을 돌렸다. 당천후는 그런 법륜을 한 번, 옆에서 듣고 있던 여립산을 또 한 번 바라보았다. 여립산은 법륜의 눈치를 살피면서 자그맣게 고개를 끄덕였다. 당천후가 조용히 몸을 일으켜 법륜과 여립산이 있는 곳의 반대 방향으로 달려 나갔다.

'이 수모는 언젠가 꼭 갚아준다.'

당천후는 이를 악물었다. 일단 섭수와 십독을 수습해야 한다. 이대로 홀로 당가로 돌아가 봤자 돌아오는 것은 문책뿐일 테니, 그들과 입을 맞추는 게 앞으로의 처우에 조금이라도 더 유리하다.

법륜은 당천후가 멀어져 가는 것을 느끼고 여립산 쪽을 향해 고개를 돌렸다.

[사숙, 준비하십시오.]

갑작스러운 전음성에 여립산이 눈을 동그랗게 떴다. 상황은 일단락되었는데 무슨 준비를 하란 말인가.

[무슨 준비를 하란 말인가?]

여립산은 의문을 품은 상태에서도 철썩 같이 법륜의 말을 믿었다. 어깨 위에 올려두었던 도를 허리춤에 찼다. 일단은 준비하라니 만전의 상태를 기약한다. 여립산은 조용하게 진기를 휘돌렸다.

'상태는… 괜찮다.'

괜찮지 않을 리가 없다. 당천후를 상대하는 데 그 어떤 손해도 보지 않았다. 게다가 잠깐의 움직임으로 몸도 이미 풀려 있는 상태, 만전을 기하기에 이보다 더 좋은 상태는 없었다.

[옵니다.]

법륜은 급격하게 금강령주를 부풀렸다. 법륜이 금강령주를 발현해 주변 오 장(丈)을 가득 메우자 여립산이 그 뒤에 섰다.

"재미있는 아해다. 어찌 알았지?"

창노한 음성과 함께 곤색 도복을 입은 노인이 나타났다. 머리엔 곤색 도관과 허리춤에 찬 복마검, 탕마협사에 기치를 건 노도. 공동의 태허 진인이 모습을 드러냈다. 그의 등장으로 장내는 새로운 국면을 맞았다.

"공동……."

법륜의 뒤에 선 여립산이 중얼거리자 법륜의 미간이 꿈틀거렸다. 공동파. 구파일방 중 구파에 속하는 아홉 개의 기둥 중 하나다. 공동의 검은 마를 상대함에 있어 그 날카로운 기운을 숨기지 않기로 유명했다.

그래서였을까. 공동파의 태허 진인의 기세는 태산이라도 가를 듯 날카로운 예기를 줄줄이 뿜어내고 있었다. 법륜도 여립산도 그 소문의 진의를 온몸으로 체험하고 있었다.

"다시 물으마. 어찌 알았을꼬? 중 같지도 않은 중아."

"그리 날카로운 예기를 줄줄이 뿜어내는데 어찌 모를 수 있겠습니까."

법륜은 그저 같은 구파라는 이유만으로 웃음으로 상황을 넘기기에 무리가 따른다 생각했다. 공동파의 노도가 무슨 이유인지는 모르겠으나 마인을 상대할 때처럼 온몸으로 예기를 발산하는데 쉽게 넘길 일이 아니다.

"날카로운 예기라. 검기(劍氣)를 숨긴다고 숨겼는데 내 아직 미흡하구나."

법륜은 말도 안 된다 생각했다. 미흡하다? 저건 미흡하다는 수준을 한창 넘어섰다. 오히려 저 날카로운 예기를 줄줄이 뿜어내는 것이 공동파의 진가다. 싸우기도 전에 기세를 꺾는 것, 소림이 웅대한 불심으로 싸울 의지조차 들게 하지 않는다면 공동의 살검(殺劍)은 싸우기 직전 전의를 상실케 한다.

"검기를 그리 줄줄이 뿜어내시면서 기세를 숨겼다라. 공동의 선배께선 재미있는 농을 하시는구려."

법륜은 말과 동시에 불광벽파의 기운에 힘을 더 쏟았다. 법륜의 도발에 태허 진인은 그저 재미있는 재롱을 본다는 듯, 기세를 쏘아냈다. 기세를 감췄다는 말이 사실이었던 듯, 줄기줄기 뻗어 나오는 기세가 종전과는 비교도 할 수 있었다.

"농이라. 내가 지금 농을 하는 것처럼 보이나? 몇 가지 확인할 것이 있어서 친히 발걸음을 옮겼다. 그런데 눈앞에 보이는 승려는 빈도를 도발하는구나."

태허 진인이 한걸음 움직일 때마다 법륜이 뒤로 물러섰다. 태허 진인의 기세에 불광벽파의 전면이 위태롭게 흔들렸다. 법륜은 태허 진인의 기세를 해소하며 뒤로 물러섰지만 아직 여력이 남아 있었다. 금강령주가 어서 더 힘을 뽐내라는 듯 진동했다.

'아직.'

태허 진인은 그런 법륜의 물러섬에도 감탄을 금치 못했다. 당금 강호에서 자신의 기세를 정면으로 받아낼 자가 몇이나 될까. 태허 진인은 현재 강호에 활동하고 있는 자들만 추린다면 스물을 넘지 않을 거라 자신했다.

'제법이로군. 승려… 역시 소림인가…….'

태허 진인이 순식간에 기세를 거뒀다. 그의 얼굴은 복잡해 보였다. 공동의 영역에서 활개 친 자들을 찾다 보니 소림의 승려와 그 속가제자가 나타났다라. 게다가 정보에 따르면 도상촌이라는 이 작은 마을에는 무림의 공적이나 다름없는 마의 가염운이 존재했다.

"어찌 된 영문인지 모르겠군. 소림의 제자 맞는가?"

"맞습니다. 소림의 제자 법륜이라 합니다."

"법륜… 들어본 적이 있는 것 같은데."

태허 진인은 아직 기세를 낮추지 않은 법륜과 그 뒤에서 기회를 엿보고 있는 여립산을 앞에 두고도 경계를 취하지 않았다.

"아! 소림의 파문제자!"

태허 진인이 두 손을 마주치며 경탄성을 터뜨리자 되려 법륜과 여립산이 더 놀랐다. 특히 법륜의 얼굴은 듣지 말아야 할 것을 들었다는 듯 당황한 표정이 역력했다.

"그게… 무슨… 파문제자라니요?"

"몰랐나? 하긴 이런 산골에 처박혀 있으니 알 턱이 있나. 그래도 항상 귀는 열어두는 것이 좋지. 그러면 뒤에 있는 자는 독안도 여립산이겠군."

여립산은 법륜의 뒤에서 묵묵히 듣고 있다 한걸음 앞으로 나섰다.

"백호방의 여립산이오. 실례가 되지 않는다면 공동의 누구신지 물어도 되겠소?"

"끌끌, 빨리도 물어보는구나. 나는 태허라는 도명을 쓰고 있다."

여립산은 노도사가 태허 진인이라는 말에 해연히 놀랐다. 보통 인물은 아닐 거라 생각했지만 이자는 거물 중에서도 거물이다. 아니, 거물이라 칭해질 수 없는 그런 존재다. 말하자

면 절대에 가장 근접한 사람 중에 하나. 그런 자가 내뱉는 말
이니 그 말에 허언은 없으리라.

"인사가 늦었소이다. 소림의 속가제자 여립산이오. 노선배
를 알아보지 못한 점 사죄드리리다. 헌데, 아까 이상한 말씀
을 하시던데……."

"이상하다라. 이상할 것 전혀 없다. 저기 서 있는 어린 승려
뿐 아니라 자네도 소림의 속가에서 파문되었으니. 내 듣기로
는 그 일로 섬서 땅이 한동안 시끄러웠다지?"

'그런… 백호방이… 그럴 만한 이유가 대체…….'

여립산의 고민을 꿰뚫어 보기라도 하듯 태허 진인의 입이
재차 열렸다.

"이유를 고민하는가? 생각할 것이 뭐 있나. 사문의 명예를
실추시키고 소림의 제자로서 해서는 안 될 짓을 했으니 파문
보다 더한 형벌이 내려져도 이상할 것이 없거늘."

"파문… 파문이라니……."

법륜의 중얼거림에 오히려 태허 진인이 의아하다는 듯 물었
다.

"법륜이라 했지. 예상하지 못했나? 너무 당연한 일일진
데……."

여립산은 법륜보다 조금 더 현실적이었다.

"다른 말은 없었습니까?"

"다른 말이라. 뭐, 같은 구파의 제자였던 자들이니 말 못 할 이유도 없지. 맹회가 열린지 몇 년 된 것은 알고 있지? 검선 그 친구가 아직 물러나지 않고 회주로 있으니. 맹회에서 조만간 대대적으로 마도십천의 주구들을 토벌할 걸세. 소림은 빠지기로 했네."

이유라.

법륜은 멍한 얼굴로 그 연유를 찾기 위해 노력했다. 자신이 파문당한 연유가 대체 뭘까.

방장의 명 없이 몰래 산을 내려와서? 그것도 아니라면 무턱대고 기련마신 정고를 찾아가 싸움을 걸어서? 도무지 알 수가 없었다.

'내가 한 행동들은 소림의 제자로서 결코 부끄러움이 없었다. 방장의 명을 어기고 내려오긴 했지만 무정 사조께서 도움을 주셨으니 그 일은 아닐 거야. 또 무슨 일이 있었지?'

법륜의 머릿속에 그간 스쳐 지나갔던 사람들이 나타났다 사라지길 반복했다.

산을 내려와 처음 만난 사람, 염포. 그리고 화륜대주 홍균. 구양세가의 절대무인 구양백. 그리고 마인 구양선. 거기까지 생각한 법륜은 문득 구양선이란 존재에 대해 다시 생각하게 됐다.

'마인이라. 내가 구양선을 죽였다 해도 마인을 척결하는 것

은 구파의 최우선 과제, 이렇게 나를 내칠 리 없다. 도대체 무엇인가.'

"소림이 빠지기로 했다지요. 그 연유가 무엇인지 물어도 되겠습니까."

태허 진인은 대수롭지 않다는 듯 말을 이었다.

"왜냐고? 천하의 소림에서 마인에 버금가는 행보를 벌이는 이가 있는데 어찌 고개를 들고 다닐 수 있단 말인가."

"마인에 버금가는 행보라니요, 저는 그런 적이 없습니다."

"허. 끝까지 발뺌을 하는군. 좋다. 네놈이 사문의 명을 어기고 멋대로 강호행을 한 덕에 소림은 큰 곤욕을 치루고 있지. 마도십천의 주구야 언젠가 쳐서 없애야 할 존재들이니 별 상관없으나 구양세가와 부딪친 것은 어리석은 일이었다. 온 저자에 소문이 파다하다. 천야차 법륜이 구양세가의 이공자 구양선을 격살했다고. 그것마저 부인할 셈이냐?"

법륜은 이제야 어떻게 돌아가는지 감이 잡히기 시작했다.

"구양세가의 이공자라 했지요. 그는 마인이었습니다. 마인을 척결해 민초를 지켜내는 것이 구파의 최우선 과제. 제 행동이 어찌 마인과 같답니까?"

법륜의 혼란스러웠던 얼굴이 제자리를 찾아갔다. 그 일로 자신이 파문됐다면 되돌릴 자신이 있었다. 태허 진인은 그런 법륜을 보며 안타깝다는 듯 혀를 찼다.

"어리석구나. 곧 죽어도 구파의 명분이라는 이야기냐? 허나 너는 틀렸다. 네놈이 여기 얼마나 머물렀는지는 모르겠으나 소림은 이번 일로 구양세가와 척을 졌다. 많은 희생이 있었어. 내 더는 해줄 말이 없다. 이렇게 된 이상 내가 널 데려가는 것이 소림의 수고를 덜어줄 일일 것 같구나. 어떠냐, 순순히 따라간다면 내 과하게 손을 쓰진 않겠다."

태허 진인이 다시금 기세를 높이기 시작했다. 법륜은 속에서 천불이 나는 것 같았다. 평생의 집이라 생각한 곳에서 가족들에게 버림을 받았다.

소림이 구양세가와 척을 졌다고? 그것이 뭐 어쨌다는 말인가. 자신은 소림의 가르침대로 행했을 뿐이다. 그런데 돌아온 것이 파문이라는 낙인이라니. 법륜은 그 점을 참을 수 없었다.

"파문이라……. 소림이 나를 버렸다면 나도 소림을 버려야겠지요. 좋습니다. 소림으로 가지요, 허나 진인의 손에 이끌려서는 아닙니다. 당신을 넘어서고 내 발로 걸어갈 겁니다. 오십시오."

법륜은 금강령주를 최대로 전개했다. 금강령주가 웅웅 진동하며 막대한 진기를 쏟아내기 시작했다. 공동파의 검수에 대한 이야기는 누누이 들어왔던 것, 게다가 상대가 공동파의 전대 장문인이라면 그를 상대함에 있어 한 치의 방심도 용납

할 수 없다. 그는 어찌 보면 기련마신보다 더 어려운 존재일지도 모르니까.

법륜은 처음부터 최선을 다했다. 당가십수와 십독을 상대하며 적당히 풀린 몸에 금강령주의 진기가 활력을 불어 넣었다. 첫 수는 역시 강력한 위력을 자랑하는 야차구도살이다. 처음부터 법륜이 낼 수 있는 초강수를 뒀다.

야차구도살 쌍수진공파(雙手眞空波)가 태허 진인이 채 검을 뽑기도 전에 날아갔다. 태허 진인은 강력한 호신강기 속에서 막대한 공력을 모은 채 손을 내뻗는 법륜을 보고 경탄했다.

'아직 이립도 되지 않아 보이는데… 가공할 한 수로다!'

법륜의 쌍수진공파가 다가오는 가운데 태허 진인은 허리춤에 찬 복마검을 쾌속의 속도로 뽑아들었다. 복마검이 순식간에 법륜의 양팔을 베어냈다. 법륜이 불광벽파로 온몸을 갑옷처럼 방어하는데도 태허 진인의 검은 너무 쉽게 법륜의 몸에 생채기를 냈다.

진기의 방벽이 무용지물이라 생각되자 법륜은 조금 더 신중해졌다. 여립산의 도강까지 무리 없이 막아낸 불광벽파다. 그래서 어느 정도 자신이 있었는데 그 자신감이 무참하게 깨져 버렸다.

'아직 진공파는 유효해!'

불광벽파를 베어내 법륜의 몸에 생채기를 내긴 했지만 아직 법륜의 몸을 멈춰 세운 것은 아니다. 법륜의 두 손이 태허 진인의 검날과 부딪치며 금속성을 냈다.

타아앙.

"제법!"

태허 진인이 검으로 밀려오는 거력을 피하지 않고 받아냈다. 검끝에 온 신경을 집중하고 있는데도 그 힘이 만만치 않았다. 엄청난 무공이고 내력이다. 그런 그의 두 눈에 법륜의 뒤에서 바라만 보고 있던 독안도가 보였다.

'그렇군. 쌍두사의 내단이 이 아이에게로 간 것인가.'

독안도를 보자 쌍두사에 생각이 미쳤다. 그렇다면 어느 정도 이해해 줄 수 있다. 태허 진인은 세차게 검을 휘돌렸다. 복마검법이 강호에서 유명할 수밖에 없는 이유는 다른 것이 아니다.

그 검법이 도(道)를 추구한다기에 너무 살상력이 짙은 탓이다. 오로지 속도와 변화에만 중점을 둔 검법. 그것이 공동의 복마검법이다.

태허 진인은 아직 여유롭게 검을 다루고 있었다. 법륜이 사력을 다해 자신의 절공을 뿜어내지만 그 정도는 충분히 예상했다는 듯 막아선다.

'이자도 정고와 같다. 초식을 지워냈어.'

법륜은 태허 진인에게서 정고와 같은 흔적을 찾았다. 무공의 극의만 살린 채 형을 지우는 과정을 거쳤음이 분명했다.
허나 정고가 이제 막 걸음마를 떼기 시작한 수준이라면 태허
진인은 이미 걷는 것을 넘어서 달릴 수 있는 존재였다.

'허나 그것은 이쪽도 마찬가지!'

법륜의 몸에서 다시 한번 장대한 기파가 터져 나왔다.

언제였을까.

아마 그때가 처음이었던 것 같다. 새로이 만든 내단에 금강
령주라는 이름을 붙인 그날. 법륜은 기묘한 경험을 했다. 일
년간 의념의 세계에서만 만들고 수련했던 초식들이 몸에 박힌
듯 펼쳐졌다.

아직 정교하고 세밀한 움직임이나 공력의 운용은 부족했지
만 몸을 움직여 펼쳐본 적이 없던 초식이 너무도 익숙하게 펼
쳐지자 법륜은 의아함을 감추지 못했다.

그리고 그때 알았다.

형(形)의 식(式)이 갖추어지고 그것이 무르익으면 자신과 같
은 경험을 할 수 있다는 것을. 자다가도 펼칠 수 있을 정도로
무공을 연마하라는 말처럼 법륜의 무공에 관한 형과 식이 절
정에 올랐기 때문이다.

'심생종기로 무공을 창안했으면서 정작 그 본의는 깨닫지
못하고 있었지.'

법륜은 그제서야 자신이 가진 무공의 결함을 발견했다. 정고와 부딪칠 때 이 경지에 도달해 있었다면 이런 고생은 하지 않았을 것이다.

'그거는 그거고, 지금은 여기에 집중한다.'

복마검이 순식간에 수십 번씩 찔러왔다. 찌르는 속도가 가히 압도적이었다. 그간 법륜이 상대해 온 어떤 자보다도 빠르고 강력했다. 게다가 저 정교함은 또 어떠한가. 검의 조율이라는 측면에서 볼 때, 태허 진인은 극유(極柔)의 극치라는 무당의 검과 비교해도 손색이 없었다.

"합!"

법륜이 불광벽파를 꺼뜨리고 태허 진인에게 달려 나갔다. 태허 진인은 검의 간격으로 법륜의 불광벽파까지 상정하고 공격을 이어나가는 상황에서 법륜이 간격을 좁히고 들어오자 검을 재빠르게 회수해 가슴으로 당겼다. 그러곤 내지른다.

"그런 잔재주는 통하지 않아! 받아보라, 공동의 검을!"

복마검이 화려한 움직임을 신보였다. 마인을 잡기 위해서 날카로움만을 담은 복마검법. 그 살기 짙은 검법이 태허 진인의 손에 들리자 상상을 초월한 무공이 되어 날아들었다. 법륜은 복마검법 중 그 초식이 무엇인지도 채 알지 못한 채 태허 진인의 검로에 이끌려 몸을 놀리기 바빴다.

'이대로는 승산이 없겠어. 승부수를 던진다.'

법륜은 수십 초를 몸을 놀려 회피하기도 하고 불광벽파의 방벽으로 막아내기도 했다. 그런 가운데 법륜이 아슬아슬하지만 계속해서 공세를 막아내자 태허 진인은 조급한 마음이 생겼다.

'지금 당장이야 괜찮아. 허나 독안도가 끼어들면 복잡해진다. 빠르게 끝내야 해.'

법륜은 그런 태허 진인의 생각을 꿰뚫기라도 한 듯 눈을 번뜩였다. 기회를 잡았다는 생각이 들었다. 태허 진인의 검이 허공에 화려한 문양을 그렸다. 화산의 이십사수매화검법(二十四數梅花劍法)이 그러할까, 무당의 절공 태극혜검(太極慧劍)이 그러할까.

태허 진인의 검로(劍路)는 그 둘과는 확연히 달랐다. 태허 진인의 검로는 부적을 그리는 도인들의 필법과 닮아 있었다. 도가의 공부를 구하는 자들 가운데 부적술에 능한 술사(術士)도 있다 하더니, 태허 진인도 그 영향을 적지 않게 받은 모양이었다.

"회풍(回風)!"

태허 진인의 검이 바람을 나타내는 풍자를 그리자 검에서 미약한 바람이 넘실거리더니 이내 폭풍처럼 법륜을 몰아쳤다. 복마검과 술가의 술법이 적절히 조합된 검법이다.

법륜은 태허 진인의 회풍을 막아내며 그의 호흡을 살폈다.

내력의 충만함이야 오랜 세월 수련해 온 것이니 따라갈 수 없다 치더라도, 체력만큼은 자신 있었다.

허나 태허 진인은 나이를 먹어감에 있어 육신의 수련을 게을리하지 않은 자, 그는 법륜의 생각만큼 쉽사리 지치지 않았다.

'안 되겠다. 억지로라도 뚫고 들어가야겠어.'

법륜은 검풍(劍風)을 몰아치는 태허 진인은 일견하고는 자세를 낮췄다. 일보, 나아가 십보 전진을 위한 움직임이다. 법륜이 야차능공제로 땅을 접으며 접근했다. 검이 만드는 회풍의 날카로운 바람에 법륜의 옷가지가 찢겨 나갔다. 법륜은 옷을 잃었을지언정 용케도 상처를 입지 않고 접근했다.

날카로움이라면 이쪽도 지지 않는다. 낭랑한 기합성과 함께 법륜의 사멸각이 터져 나왔다. 일초 보검난파가 회풍의 바람을 가르고 날아갔다. 한 번으로는 부족했는지 수차례 발을 차올리고 나서야 법륜의 사멸각이 잦아들었다.

사멸각이 사그라지면서 법륜의 앞쪽 몸이 훤하게 드러났다. 태허 진인은 그 틈을 놓치지 않고 검을 찔러 넣었다. 노강호답게 회심의 일격이 무위로 돌아가도 침착함을 잃지 않는다. 이런 점은 배워야 할 점이다.

'하지만 그게 끝이 아니야. 더 나아간다.'

법륜은 찔러오는 검을 양손을 합장해 잡아내려 했다. 손에 금강령주가 전해주는 진기를 가득 담았다. 다소 손해를 보더라도 승기를 잡기 위한 승부수였다.

태허 진인은 그런 법륜을 보며 득의의 미소를 지었다. 검사(劍士)는 자신의 검을 생명처럼 소중히 여긴다. 허나 태허 진인은 아니었다. 그는 나뭇가지 하나를 들어도 절정의 검객을 압도할 수 있는 실력을 지닌 검객. 태허 진인은 법륜이 던진 승부수를 받아냈다. 검을 놓자 법륜의 당황한 얼굴이 그대로 드러났다.

'제법이긴 하다만 아직 멀었다.'

태허 진인의 손이 쫙 펴졌다. 공동파가 복마검법만큼 자신 있어 하는 복마장(伏魔掌)이다. 태허 진인의 손으로 경력이 빨려 들어갔다. 그는 이 일격에 끝을 낼 생각이었다.

"끝이다!"

태허 진인의 손이 법륜의 몸에 닿는 그 순간, 법륜이 몸을 오른쪽으로 반치 정도 틀며 왼쪽 어깨를 들이댔다. 마주 닿은 손바닥과 어깨. 태허 진인의 복마장이 터져 나오는 순간 법륜의 천공고도 폭발했다.

퍼어어엉—!

가죽북 터지는 소리가 나면서 법륜과 태허 진인 둘 모두 뒤로 물러섰다. 경력의 폭발에 먼지가 자욱하게 일어났다. 먼지가 가라앉자 둘 모두 서로의 모습을 확인했다.

'오보. 태허 진인은 삼보인가.'

확실히 밀리기는 밀리는 것 같았다. 서로 생명에 위협을 주는 살수를 주고받는 가운데, 치명상은 입지 않았지만 그 긴장의 끈이 언제 끊어질지 알 수 없었다.

'사숙이 끼어들기는 좀 어렵겠지.'

법륜은 여립산을 힐끗 쳐다봤다. 무슨 생각을 하는지 법륜과 태허 진인이 수십합을 부딪치는 동안에도 그 자리에 꿈쩍도 않고 서 있다.

법륜은 태허 진인을 상대하는 것이 부담스러웠다. 무력이 부담스러운 것은 아니다. 지금도 그는 충분히 잘해내고 있었으니까. 다만 태허 진인의 모습에서 잊지 못할 향취를 느낀 탓이다.

법륜은 세상을 먼저 떠난 무허를 떠올리며 다시 기세를 올렸다.

'내 사명이다. 소림을 지키고 앞길을 헤쳐나가는 무의 화신. 사조로부터 받은 유명(遺命)이야. 내가 해야 해.'

법륜은 이를 앙다물었다.

'괜찮아. 내가 밀렸으면 모르되 그건 아니니까. 끝까지 한 번 해보자.'

법륜은 태허 진인을 향해 고개를 까닥였다.

"공동파의 전 장문인이시라더니 생각보다 약골이십니다."

"허. 어린놈이 말버릇이 참 고약하구나. 소림이 왜 널 버리기로 했는지 알 만하다, 쯧쯧."

법륜이 도발을 해보았지만 태허 진인은 꿈쩍도 안 했다. 도리어 법륜을 도발하며 치명적인 실수를 하길 유발하고 있었다. 법륜은 고개를 내저었다.

이대로는 끝이 없다. 공동파의 전대 장문인이 여기에 있다는 것은 절대 가벼운 일이 아니다. 게다가 맹회가 마도십천을 향해 칼을 빼 들었으니, 태허 진인 또한 공동파의 귀중한 전력으로 사용될 것이 자명한 일.

시간을 계속해서 지체하면 공동파가 따라붙는다.

"곤란하군."

"곤란해?"

법륜의 중얼거림을 들었는지 태허 진인이 물었다.

"곤란합니다. 그래도 구파의 선배시니 죽일 수야 없는 일 아니겠습니까."

"끌끌, 건방진 애송이가 어디서 감히 그 따위 망발. 좋다. 방금 전도 전력을 다한 것은 아닐 테지? 전력으로 들어와 봐라. 이 검을 막아내면 그대로 보내주마."

태허 진인은 말을 마치고 검을 가슴 앞에 가로로 세웠다. 오른손으로 검병을 잡고 왼손으로 검날을 떠받들 듯 받쳤다. 순식간에 태허 진인의 기세가 지워졌다. 태허 진인이 그 상태로 두 눈을 반개한 채 읊조렸다.

"내 나이 고희(古稀)에 간신히 붙잡은 마지막 깨달음이다. 이 검을 받아낼 수 있다면 나를 쓰러뜨리는 것도 가능할 터. 단단히 준비하는 것이 좋을 것이다."

법륜의 두 눈으로 굉장한 광경이 연출됐다. 태허 진인이 검을 놓았는데도 복마검이 검명을 터뜨리면서 공중에서 유영한다. 태허 진인의 모든 진기를 빨아들이기라도 하는 듯 검명은 계속해서 커져갔다.

"이기어검(利器御劍)……!"

법륜은 한 번도 본 적이 없는 검의(劍意)의 마지막 단계. 그 위로 심검(心劍)의 경지가 있지만 그 경지는 그저 전설로만 평가되는 것이니, 태허 진인의 검술은 말 그대로 극의에 달했다 해도 좋았다.

"검술의 이름은 무극검도(武極劍道)다. 받아봐라."

태허 진인의 가슴 앞에서 세차게 떨리던 복마검이 찰나의 순간에 법륜의 시야에서 사라졌다. 법륜이 기세를 느껴보려고 애써도 느껴지는 것은 아무것도 없었다.

'이기어검은 그저 전설상의 경지인 줄 알았는데…….'

단순히 허공섭물의 기예로 물건을 움직이는 일이라면 법륜도 가능한 일이다. 허나 어검술은 허공섭물과는 차원이 다른 무공이다. 그저 막대기를 움직이는 것과 막대기에 거력을 담아 제 뜻대로 의(意)를 세우는 것은 천양지차다.

법륜은 태허 진인의 어검술을 파훼할 방법을 생각해 내려 했지만 방법이 떠오르지 않았다.

'그렇다면……'

법륜은 불광벽파 전력으로 전개했다. 태허 진인의 평범한 일검에도 쉽게 갈렸던 호신강기이니 어검술을 막아낼 거라는 보장은 없었지만 그래도 없는 것보다는 나았다. 법륜은 불광 벽파를 계속해서 뻗어내면서 공간을 장악해 갔다.

지금 당장 태허 진인의 어검술을 파훼할 수 없을지라도 공격하는 방향 정도는 불광벽파를 통해 파악할 수 있다. 어검술이 불광벽파를 가르는 그 순간을 노린 것이다.

법륜이 불광벽파를 펼쳐내자마자 어검술이 공간을 가르고 나타났다. 태허 진인의 무극검도는 순식간에 나타나 법륜의 불광벽파를 가르고 지나갔다. 어검의 비술이 허벅지를 가르고 지나갔다. 법륜이 미처 반응하기도 전에 일어난 일이다.

'너무 빨라!'

법륜은 가라진 불광벽파에 다시금 진기를 불어넣었다. 불광벽파의 방벽이 마치 살아 있는 것처럼 스스로 아물어갔다. 법륜은 태허 진인이 어검술로 단 한 차례 공격했을 뿐이지만 이대로 버티기만 한다면 승리가 요원한 일임을 단번에 깨달았다.

'태허 진인을 잡지 못하면 계속해서 반복될 뿐이야.'

법륜은 불광벽파를 유지한 채 태허 진인을 향해 전진했다. 짧은 시간 전진했음에도 태허 진인의 무극검도가 몇 차례나 법륜의 몸을 스치고 지나갔다. 불광벽파로 일차적인 방어를 하지 않았다면 어디가 날아가도 단번에 날아갔을 것이다.

태허 진인은 접근하는 법륜을 향해 계속해서 손짓했다. 어검술은 완벽한 검도의 극의지만 펼쳐내는 자신은 불완전한 존재다. 아직 어검술의 끝을 보지 못한 태허 진인은 현재 무극검도를 조절하는 데 온 사력을 다하고 있었다.

달리 말해 어검술을 조종하면서 법륜과 접근전을 할 여력이 없었다. 태허 진인은 필사적으로 법륜의 접근을 저지했다. 허나 그런 그의 노력에도 불구하고 법륜은 차근차근 태허 진인을 향해 근접해 가고 있었다.

"어딜!"

태허 진인의 고성과 함께 복마검이 법륜의 등 뒤로 나타났다. 어검술은 공간의 제약을 뛰어넘어 뜻한 바를 이루게 해주는 비술. 태허 진인의 복마검은 법륜이 등 뒤에 무언가 있다는 것을 깨닫기도 전에 몸에 박혀 들었다.

"큭!"

법륜은 등에서 느껴지는 엄청난 고통에 눈을 치켜떴다. 호흡을 유지하기 위해 이를 악물고 기식을 조절했다. 이제 태허 진인은 코앞이다. 조금만 더 가면 쓰러뜨려야 할 적이 서 있다. 법륜은 고통을 참으며 한 발 더 내디뎠다.

다시 한번 검이 허벅지를 가르고 지나갔다. 양 허벅지에 깊게 생긴 자상이 법륜의 움직임을 방해했다.

'사멸각은 안 되겠다. 마관포로 가자.'

법륜은 후들거리는 다리를 왼손으로 짓눌렀다. 왼손으로 땅에 단단히 박아 넣는다면 적어도 쓰러지지는 않으리라. 법륜은 하나 남은 오른손을 들어 태허 진인을 겨누었다.

마관포가 불을 뿜었다. 법륜의 마관포는 정확히 태허 진인의 오른쪽 어깨를 향했다. 불구대천의 원수라면 저 머리통을 부숴놓겠지만 그랬다가는 법륜과 공동파, 서로 죽고 죽이는 나선위에 올라서 상대방을 떨어뜨리기 위해 사력을 다해야 할 판이다.

'죽이면 안 돼. 제압하는 선에서 끝내자. 태허 진인도 마찬가지이지 않나.'

그렇다. 태허 진인도 법륜과 마찬가지로 살수를 쓰기를 주저하고 있었다. 그래도 한때 소림의 제자였으니 그에 대한 처분은 소림이 하는 것이 옳았기 때문이다.

'그래서 손속에 사정을 둔 것인데……'

태허 진인은 정확하게 어검술을 조종하는 팔을 노리고 경력이 뿜어지자 쓴웃음을 지었다. 소림에서 파문당한 제자라더니 하는 짓이 그리 밉지 않다. 소림의 산문 밖에서 제멋대로 행동했을지언정 정도를 벗어난 적은 없을 게다. 태허 진인은 분명히 그럴 것이라 생각했다.

'뭔가 야료가 있었군.'

제십오장(第十五章)

사천(四川)

태허 진인은 확신했다.

저 나이에 저 정도의 무력. 동년배에선 당해낼 자가 없을 것이다. 자신이 관심을 두고 가르치던 사손 공명이 이제 불혹의 나이다. 공명이 법륜을 상대했다면 아마 삽시간에 패했을 게다.

공명은 공동의 정수를 삼십 년 수련한 검수다. 그런 그가 이립도 넘기지 못한 아이에게 패한다. 그것은 상상이 아닌 현실이다.

그런 재능을 지닌 무인이 사문에서 파문을 당했다? 태허 진인은 말도 안 되는 이야기라 생각했다. 그러고는 깨닫는다. 소림이 맹회의 추격대에서 빠진 이유. 파문제자를 추포하기 위해 여력이 없다는 소림 방장의 말이 문득 우습게 느껴졌다.

'형식상의 파문이로군.'

십 년만 지나도 천하에 적수가 몇 없을 인물이다.

태허 진인은 어검술을 재빠르게 회수했다. 무극검도를 펼쳐 내던 내력을 거두자 주변을 가득 매웠던 압박감이 사라졌다. 태허 진인은 마치 처음부터 그 자리에 있었다는 듯 허공에 떠 있는 검을 낚아채, 오른쪽 어깨로 날아드는 마관포를 갈라냈다.

"그만하자. 흥이 깨졌다."

태허 진인은 법륜의 의지와 상관없이 검을 회수했다. 법륜은 온몸에 새겨진 상흔을 점검했다.

노도사의 변덕이 죽 끓듯 하니 언제 또 마음이 바뀔지 모른다는 생각에서였다.

"끌끌, 그만 되었다. 더 이상은 할 마음도, 흥미도 없다. 소림의 파문제자, 법륜이라고 했지?"

"그렇소."

법륜은 진중한 눈으로 태허 진인의 물음에 답했다. 태허 진인은 그런 법륜의 눈을 보며 자신의 생각이 맞았음을 다시 한 번 확신했다.

"소림의 제자. 내 몇 마디 해주마. 너와 저기 독안도가 파문 당한 이유는 구양세가의 요청에 의해서였다. 강호에서 비화군 이라 불리는 자가 타격대를 이끌고 소림 산문 앞에 진을 쳤 다. 그러곤 소리 높여 외쳤지. 세가의 이공자를 죽인 천야차 법륜을 내놓으라고. 그리고 그 방수인 백호방주를 내놓으라고 말이야. 소림은 받아들이지 않았지. 어찌 사문의 제자를 그리 쉽게 내준단 말인가."

태허 진인은 법륜을 바라보며 목을 가다듬었다.

"그래서 구양세가와 소림이 붙었지."

그 말에 법륜이 깜짝 놀랐다.

"싸움이 벌어졌단 말입니까?"

"뭐, 실제로는 제대로 싸워보지도 않았다. 이름이 뭐였더라. 법… 오? 그래 법오가 맞을 게다. 법오라는 승려가 비화군 앞 에 서서 비무를 청했지. 그리고 나서 구양세가가 물러났으니 비무의 결과야 어떻게 되었는지 자명한 일이지."

"그 비무와 저와 사숙이 파문을 당한 이유라는 겁니까?"

"결과적으로는 그렇다."

"결과적으로는……? 그 말은 다른 사정이 있었다는 겁니 까?"

"그것은 내가 설명해 줌세."

그때까지 자리에 못 박혀 서 있던 여립산이 말문을 열었다.

생각의 정리가 끝난 듯 후련한 얼굴이다.

"독안도. 답을 찾은 모양이군."

"그렇습니다, 선배. 뭔가 석연치 않은 점이 많더군요."

"사숙, 그게 무엇인지 저는 아직도 잘 모르겠습니다."

여럼산은 법륜을 바라보았다. 그의 두 눈에 의문이 가득했다.

"사질이 잘 모르는 것이 당연하네. 다분히 정치적인 의도였을 테니."

"정치적 의도라니요?"

"첫째, 시작은 마인 구양선의 죽음에서부터 시작해야 하네. 자네는 청해성에서 마인 구양선을 죽였지. 구양세가가 금촉상단을 전멸시키고 자네를 찾아 소림으로 간 것은 이상한 일이 아닐 걸세. 자네와 나는 소림의 제자이니까. 허나 여기에는 맹점이 있네. 자네는 분명 태양신군 구양백 노선배에게 자네의 행선지를 밝혔지. 기련마신을 잡겠다고 말이야."

"아! 노선배는 제가 어디로 갈지 알면서도 소림으로 사람을 보냈단 말이군요."

"그렇다네. 자네에게 복수를 천명했다면 직접 찾아와야 옳지. 허나 구양세가는 그러지 않고 타격대를 소림으로 보냈네. 비화군은 성정이 폭급하고 무척이나 계산적인 자라네. 아마 소림에 오르기 전 자네가 세가의 이공자를 격살했다고 떠들고 다녔을 걸세. 그래야 소림 앞에 진을 치는 명분이 생길 테니."

옆에서 듣고 있던 태허 진인이 고개를 끄덕였다. 실로 그러했다. 여립산의 말처럼 비화군 구양정균은 사방천지에 소문을 내며 소림으로 향했던 것이다.

"그런데 변수가 발생했지. 태허 진인이 아까 말씀하신 그 승려. 이름이… 법……"

"법오라 했네."

"그래. 그가 비화군을 꺾었을 게야. 그렇지 않고서야 그가 쉽사리 물러나질 않았을 테니. 진짜 문제는 거기서부터 생겼을 것이네. 소림은 눈앞에 닥친 전화를 법오라는 승려를 통해 해결했지만 남은 문제가 있었지."

"구양선을 격살한 천야차, 저로군요."

"그렇다네. 그가 마인이었든 그렇지 않았든 그 소문의 진위는 민초들에게 중요한 것이 아니었을 거야. 민초들의 입장에서 보자면 대자대비한 소림의 승려가 명문가의 자제를 때려죽였다는 이야기밖에 되지 않을 테니."

"그래서……"

태허 진인이 여립산의 말을 거들었다.

"파문을 한 게지. 소림은 소림의 제자라고해서 잘못을 눈감아주지 않는다는 일종의 시위라고나 할까. 맹회의 추격도 마찬가지. 구파일방과 팔대세가가 추격대를 꾸려 마도십천을 향해 칼을 겨누었다. 거기에서 소림만 빠졌지. 파문제자를 쫓는다는 이유로 말일세."

"보호… 하려는 거군요."

법륜이 힘겹게 한 자, 한 자 내뱉었다. 자신이 옳다는 생각은 하지 않았다. 허나 세간의 눈을 인식해 제자를 파문하다니. 법륜은 그것 또한 옳지 못한 처사라 생각했다.

"그렇다네. 형식상의 파문인 게야. 앞으로 자네와 나는 다시 소림에 적을 두지 못하겠지만 그렇다고 해서 소림의 제자가 아닌 것은 아니게 된 것이지."

"그렇지. 자네의 말이 맞네, 독안도. 그 사실을 깨닫고 나니 흥미가 뚝 떨어지더군. 그래, 이제는 어찌할 셈인가. 소림으로 돌아갈 참인가?"

태허 진인은 수염을 쓰다듬으며 말했다. 법륜은 태허 진인의 말에 한숨을 쉬었다. 어찌해야 할까. 소림으로 돌아가야 하는가.

그런 법륜의 고민에 여립산이 대수롭지 않다는 듯 말을 꺼냈다.

"아닙니다. 사천으로 갈 생각입니다."

"사천?"

법륜과 태허 진인은 여립산의 사천이라는 말에 눈을 동그

244 불영야차

랗게 떴다. 법륜은 자신의 선택을 못마땅해하던 여립산이 선 뜻 사천행을 입에 담자 놀란 표정을 지었다.

"사숙……?"

여립산은 고개를 끄덕이며 자세한 이야기는 나중에 하자는 눈짓을 보냈다.

태허 진인은 여립산의 예상외 답변에 놀랐다. 이 시기에 사천행이라. 그 속내에 무엇이 있는지 모르겠으나 보통 일은 아닐 것이다.

'삼파 놈들. 고생깨나 하겠군.'

"그럼 자네들은 곧바로 떠날 텐가?"

"일단 몸을 좀 추슬러야겠지요. 선배의 검이 너무 날카로웠나 봅니다."

법륜이 대꾸하자 태허 진인은 멋쩍은 웃음을 지었다. 자신에 의해 상처를 입었으니 무슨 말을 해도 변명을 늘어놓는 꼴밖에는 되지 않는다.

"허허, 내 잘못을 부인할 생각은 없네. 내 사죄함세."

태허 진인은 품을 뒤적거리더니 하얀 종이에 쌓인 검은색 단약을 몇 개 꺼내 놓았다.

"공동의 금창약일세. 고작 이런 것을 내밀어서 염치가 없네만, 아마 웬만한 의원에 가서 사는 것보다 훨씬 약효가 좋을 테니 이것으로 화를 좀 풀게."

법륜은 태허 진인의 손에서 단약을 받아 들었다. 단약을 손에 쥐자 향긋한 향기가 풍겨왔다.

코앞에 희대의 명의라는 마의가 있지만 이런 것은 받아두어서 나쁠 것이 없다. 게다가 태허 진인과의 인연을 만들었으니, 크지 않은 상처쯤이야 눈감고 넘어가는 것이 이득이라 생각했다.

"고맙게 받겠습니다. 이번 일은 깨끗이 잊지요. 하지만……."

태허 진인은 법륜의 다음 말을 기다렸다.

"다음에는 이렇게 끝나지 않을 겁니다. 그 어검술, 더 다듬어두세요. 제가 찾아가겠습니다."

"뭐? 으하하하! 소림에 아주 걸출한 놈이 하나 나왔구나!"

태허 진인은 법륜의 치기 어린 도발이 싫지 않은 듯 웃었다.

"좋네, 좋아. 일이 마무리 되면 공동산 취병봉으로 오게. 공동에서 가장 높은 곳이니 찾기도 쉬울 것이야. 그럼 나중에 보지."

태허 진인은 그 말을 끝으로 떠나갔다. 태허 진인과의 만남이 갑작스러웠다면, 헤어지는 것 또한 그랬다. 그는 전혀 이상할 것이 없다는 듯 떠나갔다. 전력을 다해 맞부딪치긴 했지만 그렇게 싫지 않은 자다.

법륜은 여립산을 향해 다가갔다. 그에게 묻고 싶은 것이 많았다.

"사숙. 사천행을 그리 반대하시더니, 어째서 태허 진인에게 사천을 간다고 말씀하셨습니까."

여립산은 법륜의 말에 빙글 웃음을 지었다.

"자네가 내가 말린다고 해서 들을 것 같지 않더군. 그럴 바에야 자네가 엇나가지 않도록 바로잡는 것이 사문의 어른으로 해야 할 일이라 생각했네."

"사문이라… 저희는 파문당했습니다. 사숙과 저를 이어주던 끈은 이제 없는 것이나 마찬가집니다. 사숙은 저와 함께하면서 많은 것을 희생하셨어요. 그래도 괜찮으신 겁니까."

"허허, 그러는 자네야말로 나를 아직 사숙이라 부르지 않는가. 그러면 된 것이지. 소림의 승적에서 떨어진 자네의 마음을 내 모르는 것은 아니네만, 사문에서도 어쩔 수 없었을 게야."

"정녕 그럴까요."

법륜은 아직도 마음에 들지 않는다는 듯 중얼거렸다. 여립산은 그런 법륜의 마음을 십분 이해했다. 그가 승려였어도 평생 적을 둔 곳에서 내쫓김을 당했다면 그 분함과 원망을 어디에 풀어야 할지 몰랐을 것이니.

그렇게 산중에 덩그러니 법륜과 여립산만이 침묵한 채 서 있었다.

　　　　　*　　　　　　*　　　　　　*

　법륜과 여립산이 태허 진인과의 일전을 벌이던 그 시각. 당
가의 독룡 당천후는 여립산과 일전을 벌이기 전, 폭음이 울렸
던 곳을 향해 나아가고 있었다. 이대로 가문에 돌아가 봤자
책임을 면하긴 어려울 테니, 수습이라도 잘해 돌아가자는 생
각에서였다.

　"제길. 이 독룡이 어쩌다 이 꼴이 됐는지."

　당천후는 수풀을 뒤지다 한곳에 가지런히 놓여 있는 당가
십수와 십독을 발견했다. 헌데 십수와 십독은 그저 누워만 있
는 것이 아니었다. 그들 곁에서 바쁘게 손을 놀리고 있는 남
자가 보였다.

　'침술⋯⋯?'

　침술이라면 짐작이 가는 자가 있다. 이곳에서 저 정도 경지
의 의술을 발할 수 있는 자는 단 한 명뿐이다.

　'마의 가염운!'

　당천후는 가염운이 눈치채지 못하게 조심스럽게 접근했다.
가염운은 계속해서 시침을 하느라 땀을 뻘뻘 흘리고 있었다.
그 모양새가 의원이 열과 성을 다해 환자를 대하는 모습이어
서 당천후는 그에게 손을 쓸 수가 없었다.

그 또한 당가의 일원으로 독을 다루다 보니 의술에 대한 조예가 아주 없지는 않았다. 정식으로 의원을 할 정도는 아니지만 상대가 시침을 하는 장소, 방향, 강도 등을 고려해 의술을 펼치는지, 아니면 사술을 펼치는지 정도는 파악할 수 있는 실력이다.

'마의가 왜⋯⋯?'

마의가 어째서 당가의 무인들을 치료하는지는 알 수 없는 일이다.

마의가 공적으로 몰려 추격을 당할 때, 당가도 그 추격에 일조했으니까. 게다가 소매에 버젓이 당가의 표식인 녹색 사슴을 새겨놓았는데도 치료를 하는 것은 당천후로선 불가사의한 일이었다.

그때 마의의 고저 없는 목소리가 흘러나왔다.

"거기 숨 헐떡이는 놈. 이리 나오너라."

당천후는 마의의 목소리에 숨을 죽였다. 마의가 혹시나 하는 마음에 떠보는 것일까 싶어서였다. 당천후가 숨을 죽이고 엎드리자 마의는 다시 한번 외쳤다.

"거기 엎드린 놈. 다 들리니까 이만 나오너라."

당천후는 그제야 굳은 얼굴로 일어섰다. 아무리 법륜에게 호되게 당해 기식이 흐트러졌다지만 무공을 모르는 마의가 알아챌 정도는 아니다. 혹여 소문과 다르게 무공이라도 익힌 것일까.

"어찌 아셨소이까."

"어찌 알긴. 지금이 언제냐. 저녁놀이 지고 있지 않느냐. 풀
벌레가 귀가 따갑게 울어도 이상하지 않을 시간에 갑작스럽
게 그 울음이 끊기면 뭔가가 있는 게지."

'그리 간단한 것을……!'

당천후는 허탈하다는 듯 한숨을 쉬었다. 자신의 생각과는
다르게 마의는 무공을 익히지 않았다.

"그래, 당가의 자제인가? 이들을 데리러 온 모양이지?"

"그렇소."

"그럼 조금만 기다리게. 거의 다 끝나가니. 시침이 끝나고
한 시진 정도면 깨어날 걸세. 그때 데리고 가게."

마의는 다시 시침에 집중하기 시작했다. 그런 마의를 보며
당천후는 깊은 고심에 빠졌다. 이것은 은(恩)이다. 당가는 은
혜는 두 배로, 원수는 열 배로 갚는다. 허나 은을 논하기 이전
에 마의 가염운은 무림의 공적이다.

의술을 시험한다는 이유로 수많은 생명을 빼앗았다. 그가
어째서 마음을 바꾸어 진정한 의술을 행하는지는 모르겠으
나 이건 당천후에게 있어 기회였다.

'이번 일에 대한 문책을 피할 묘책!'

마의를 납치해 간다. 당가의 비밀 공간에 그를 숨겨두고 그

가 지닌 의술을 빼앗는다. 독과 의술은 그야말로 한 끗 차이. 그의 의술로 인해 당가의 독술은 한층 더 발전할 것이다. 게다가 천야차와 독안도를 잡지 못한 책임도 충분히 넘어갈 수 있었다.

'이자가 시술을 마치는 대로 제압한다. 그리고 십수와 십독이 정신을 차리는 순간 빠져나간다.'

당천후는 회심의 미소를 지었다. 지금 상황에서 이보다 더 좋은 선택이 그에게는 없었다. 그가 그런 생각을 하고 있을 때, 당천후가 내려온 산등성이에서 다시 폭음이 울리기 시작했다.

"무슨!"

당천후가 놀라 뒤를 돌아보자 기파가 부딪친 여파로 바람이 세차게 불어왔다.

그 바람에 시침을 하던 마의 가염운도 깜짝 놀란 듯 뒤를 돌아봤다.

"허허, 보통은 아닌 줄 알고 있었지만 정말 장난이 아니군."

"그게 무슨 말이오?"

마의는 물끄러미 당천후를 올려다봤다. 이미 겪어봐서 알고 있지 않느냐는 뜻이었다. 그 눈빛을 받고서야 당천후는 마의가 천야차 법륜과 독안도 여립산과 연결되어 있다는 것을 알아챘다.

'이자를 끌고 가도 좋을까.'

당천후는 다시 독안도와 부딪치고 싶지 않았다. 여립산은 자신이 준비한 회심의 한 수를 성명절기도 펼치지 않고 제압한 사람이다. 그런 자가 괴물이라 표현한 천야차는 또 얼마나 대단할 것인지. 그것은 방금 전 튕겨 나온 여파만 봐도 알 수 있었다.

'제길, 뜻대로 되는 일이 하나도 없군.'

당천후는 이를 악물었다. 명백한 시간 싸움이다. 마의가 십수와 십독을 치료하고 깨어나는 데 필요한 시간 한 시진, 천야차와 독안도가 산에서 내려올 시간까지 계산하면 상당히 촉박하다.

당천후는 마의의 곁으로 다가섰다. 마의는 다시 시침에 집중하느라 당천후가 다가서는 것을 느끼지 못한 듯했다. 이제 마지막 환자의 치료를 시작한 가염운은 아직 갈 길이 바쁘다는 듯 손을 놀렸다.

"이보시오, 마의."

"허. 내가 누구인지 알고 있었나? 이거 내 목이 위험하게 생겼군. 그래, 왜 그러는가."

가염운은 자신의 목숨이 위태롭다는 듯 말하면서도 태연하게 손을 놀렸다. 당가의 무인을 치료하고 있는 와중에 당가의 무인이 손을 쓸 거라는 생각 자체를 하지 않았다.

"그 친구가 마지막이지요? 시침을 하는 데 얼마나 걸리겠습니까."

"반각이면 끝나겠군. 부러진 뼈나 상처는 시간이 지나면 절로 괜찮아지겠지. 뭐 정양하는 데 시간이 좀 걸리기는 하겠지만."

"그렇군."

당천후는 마의의 곁에서 물러나 나무둥치에 등을 기대고 앉았다. 그러곤 손가락 끝에 기를 집중해 땅에 표식을 새기기 시작했다. 천야차가 누구와 싸우는지는 모르겠으나 저 정도 기세로 부딪치는 거라면 수습하는 것까지 족히 한 시진은 걸릴 게다.

마의 득(得). 십수, 십독 회복 즉시 당가로 산개하여 복귀, 독룡 당천후.

마의를 얻었으니 십수와 십독은 깨어나는 즉시 당가로 복귀하라. 당천후가 명령을 남겼으니 십수와 십독은 정신을 차리는 즉시 몸을 회복하고 각기 다른 길로 도주할 것이다.

도박이었다.

독룡 당천후와 당가의 미래라는 십수와 십독을 걸고 하는 아주 큰 도박판이다. 이윽고 마의가 시침을 끝내고 침을 회수해 침통에 넣자 당천후는 자리에서 일어났다.

"이제 끝이 났소?"

"그렇다네. 그나저나 자네의 상세도 그리 좋아 보이진 않는 군. 기식이 흐트러져 호흡이 불안정해. 뭐, 큰 문제는 되지 않 겠네만 몸을 함부로 굴리면서 제명대로 사는 놈은 지금껏 못 봤네. 자네도 주의하게."

"그렇소이까."

당천후는 쓰게 웃었다. 마의의 말이야말로 지금의 상황과 잘 맞아떨어지는 것이 아닌가. 마의를 납치하는 것은 큰 도박 이며 몸을 함부로 굴리는 일과 다르지 않다. 독안도가 쫓기 시작하면 제명대로 살 수 있을지 모를 일이지 않은가.

'그래도 한다.'

당천후는 마의에게 접근해 십수와 십독의 상세를 살피는 척 하면서 조심스럽게 마의의 수혈로 손을 뻗었다. 마의는 그때 까지 십수와 십독에 새겨진 상처를 돌보느라 정신이 없었다. 시침은 끝났지만 아직 할 일이 많은 까닭이다.

마의의 수혈에 당천후의 손끝이 닿았다.

툭.

"자… 네……?"

"미안하오. 은혜를 갚기는커녕 원수가 되었으니, 이 벌은 내 세에서 갚겠소이다."

그 말을 끝으로 마의의 눈꺼풀이 툭 하고 감겼다. 정신을 잃은 것이다. 당천후는 재빠르게 마의를 지나쳐 당효문에게 다가섰다. 그러곤 순식간에 혈을 짚기 시작했다. 강제로 정신이 들게 하는 혈이었다.

"크어억."

당천후의 손길에 당효문이 거친 숨을 토해내며 깨어났다. 괴물 같은 놈에게 손도 못 써보고 당했는데, 눈앞에 당천후가 보이자 안도감이 들었다. 당천후는 그런 당효문의 눈을 직시하며 말했다.

"비문을 남겼다. 깨어나는 즉시 그대로 행하라."

"비문……."

당효문의 눈이 다시 감겼다. 상처가 꽤 심각했는데 강제로 정신을 일깨웠던 것이 독이 되었다.

그가 다시 수마에 빠져들자 당천후는 가염운을 어깨에 들쳐 멨다.

오늘은 운수가 지독히도 나쁜 날이라는 생각이 들었다. 목숨을 위협당하고, 세가구룡이라는 위명에 걸맞지 않게 목숨을 구걸했다. 게다가 세가의 일원에게 은혜를 베푼 마의에게 독수를 써 그를 납치까지 했다.

'형은 이런 일이 일어나리란 것을 알았을까?'

저 멀리서 터져 나오는 기파가 거세지고 있었다. 당천후는 그 상황에서 형인 당천호를 떠올렸다. 이번 감숙행에 자신을 밀어 넣은 원흉. 그가 이번 일을 계획했다는 생각은 들지 않았다.

"이렇게 지체할 시간이 없지."

당천후는 애써 머릿속에 떠오르는 온갖 음모들을 지워냈다. 지금은 이럴 때가 아니다.

최대한 멀리 도주해야 한다. 감숙의 끝자락에서 전서구를 날려 당가의 무인들이 자신을 마중 나오게 해야 한다. 그래야 천야차와 독안도가 따라붙어도 그들을 떨쳐내고 도주할 수 있다.

"간다."

당천후의 굳은 결심을 담은 외침이 수풀 사이사이로 퍼졌다.

*   *   *

당천후가 마의를 납치해 도주를 시작한 그 시각.

촉국의 대지 사천에선 삼파의 회동이 이루어지고 있었다.

삼파는 다름 아닌 구파에 이름을 올린 아미와 청성, 그리고 팔대세가에 적을 둔 사천의 명문 당가였다.

당가의 총관이자 숨은 잠룡, 당천호가 먼저 입을 열었다.

"이렇게 본가의 요청에 모여주시니 그저 감읍할 따름입니다."

당천호가 정중하게 인사를 올리자 아미와 청성의 인물들이 고개를 끄덕였다.

그들로선 당가의 회합 소집이 의외의 요청이었다. 게다가 세가의 대소사를 모두 관리하는 대총관이 직접 나왔으니, 당가의 입장에서도 최선을 다한 인사인 셈이다.

아미파의 청연 신니가 입을 열었다.

"그래요. 당가의 성의는 잘 알았으니 인사치레는 접어두세요. 무슨 일로 회합을 소집했는지 알려주시겠어요?"

그녀는 쌀쌀한 말투로 당천호에게 말했다. 오십의 나이를 넘어섰음에도 내력이 심후한지 노화가 별로 진행되지 않아 고작 삼십 대 후반으로 보였다.

당천호는 청연 신니를 향해 사람 좋아 보이는 미소를 지었다.

"청연 신니께서는 이번 당가의 회합 요청이 달갑지 않으신 모양입니다."

"그럴 수밖에요. 맹회에서 맹주령을 발동했어요. 그게 무슨 의미인지 당 공자도 잘 알지 않나요?"

"물론입니다. 이번 회합도 실은 그 맹주령 때문에 요청드린 것이니까요."

그때 옆에서 듣고만 있던 청성의 노도사가 입을 열었다.

"맹주령 때문에 회합을 요청했다라. 무슨 불순한 의도인가."

청성의 노도사, 파진 진인은 못마땅하다는 얼굴로 당천호를 노려봤다. 맹주령은 지엄하다. 그것은 맹회에 적을 둔 구파나 세가를 비롯해 작은 군소방파에까지 동일하게 적용된다. 그 권위야말로 맹회가 유지되는 근간이다.

맹회의 상징이나 다름없는 맹주령에 회합을 요청한다? 파진 진인에게 그것은 속내에 다른 생각이 있다는 것으로밖에 안 보였다.

"불순한 의도라니요. 절대 그런 일은 없을 겁니다. 맹주령은 지엄한 것이니 지키지 않을 도리가 없지요."

당천호는 파진 진인을 똑바로 쳐다보며 입을 열었다. 그 눈빛이 파진 진인의 마음을 꿰뚫어 보는 것 같았다. 그 눈은 마치 너도 나와 같지 않느냐는 물음과 같았다.

'무슨… 이게 고작 이립을 넘긴 자의 눈빛이란 말인가.'

그렇다. 청성의 파진 진인은 아미의 청연 신니와는 달랐다. 아미가 당가의 면을 생각해 이 자리에 나온 것이라면, 청성은 불만과 목적을 지닌 채 이 자리에 앉았다.

만일 청성의 입장이 맹주령에 대한 무조건적인 지지였다면, 애초에 당가에서 맹주령에 관해 논의하자 했을 때 그 요청을 묵살했을 것이다.

당천호는 파진 진인에게 눈빛으로 그 사실을 물은 것이다.

"흠. 그래. 그래야지. 그런 불순한 의도는 없어야 마땅하다네."

당천호는 속으로 실소를 흘렸다. 참으로 알기 쉬운 자가 아닌가. 이번 회합은 아마 성공적으로 끝날 것이다. 그렇게 되지 않을 가능성은 없다. 왜냐하면 자신이 그렇게 만들 테니까.

'이번 일은 가주도 막을 수 없을 것이다.'

독룡의 형, 독제의 첫 비상이 눈앞에 있었다.

법륜은 여립산과의 대화 이후 여립산과의 관계가 조금 서먹해졌음을 느꼈다. 마치 장성한 아들이 부모에게 반항하는 것처럼, 그런 자식을 걱정 어린 눈으로 바라보는 아버지의 눈처럼 느껴졌다.

법륜은 그것이 부담스러웠지만 싫지는 않았다. 정을 주는 사람이 드물지만 정을 주면 확실하게 주는 법륜이다. 지금 당장 소중한 사람을 꼽으라면 여립산은 한 손 안에 들어갈 것이다.

"일단… 내려가시지요."

여립산은 말없이 고개를 끄덕였다. 법륜은 허벅지와 등에서 흘러내리는 선혈을 닦아냈다. 내력을 진정시키느라 시간이 많이 지체됐다. 마의에게 돌아가면 제대로 치료를 받을 생각에 간단하게 혈을 짚어 피가 배어나오는 것을 막았다.

"상처는 제때 치료해야 하는 법일세. 밑에 가 선배가 있으니한 선택이겠지만 평소라면 어림도 없는 일이야. 명심하게."

여립산은 무심하게 돌아서 먼저 아래로 내려가기 시작했다. 자신을 생각해 주는 마음이 여실히 느껴졌다. 여립산도 이제 처음 강호에 나와 어리숙한 모습을 보이던 법륜이 없다는 것을 받아들인 것이다.

'감사합니다. 사숙.'

법륜은 여립산을 따라 길을 내려갔다. 벌써 날이 저물고 있었다. 태허 진인과의 예상치 못한 일전으로 너무 오랜 시간을 산에 머물렀다. 게다가 연방 폭음을 울려댔으니, 도상촌의 촌민들이 불안에 떨 것이 자명했다.

앞으로의 여정과는 관계없이 이제는 떠나가야 할 시간이 온 것이다. 도상촌에 머물 땐 언제나 조용하게 지내온 법륜과 여립산이다. 도상촌의 주민들은 그 둘이 마의의 사촌쯤 되겠거니 여겼는데, 이번 일이 이들이 행한 것이라고 알게 된다면 태도가 변하리라.

"걸음을 좀 더 늦추고 시간이 지나면 조용히 들어가세. 아마 많이들 불안해할 거야."

법륜은 고개를 끄덕였다. 허나 법륜과 여립산은 지금의 선택이 얼마나 어리석은 선택이었는지 알지 못했다. 그들이 돌아간 곳에서 어떤 일이 벌어졌는지, 그들이 베푼 어설픈 자비의 결과가 어땠는지를 말이다.

당천후는 사력을 다해 달렸다. 마의를 들쳐 메고 뛰는 중이라 제대로 속도가 나질 않았다. 특별한 외상은 없더라도 기식이 흐트러진 여파가 생각보다 오래갔다. 평소라면 한걸음에 삼 장씩 뛰어넘던 거리도 반절밖에 가지 못했다.

지금 이 속도로 계속해서 달린다면 감숙을 벗어나는 데 보름은 걸릴 것이다. 사천의 경계에 들어설 때까지 쉬지 않고 달려야 함을 가정했을 때, 천야차와 독안도가 쫓아온다면 금세 따라잡힐 속도다.

문제는 또 있었다.

십수와 십독이다. 마의가 응급처치는 해놓았다고 하더라도 제대로 된 속도를 낼 리 만무하다. 아무리 산개해 시선을 끌며 도망쳐도 각개격파당하는 것은 시간문제다.

십수와 십독의 목숨은 당가에서도 중하게 다루는 것이니 그들이 최대한 많이 살아남아 도주해야 뜻한 바를 이룰 수 있었다.

'앞으로 삼사일이 고비다.'

당천후의 생각 그대로였다. 감숙을 벗어나 사천으로 접어드는 길은 여러 갈래다. 삼 일, 사 일만 달려도 그 방향을 쉽게 짐작할 수 없으리라. 당천후는 치욕을 가슴 깊이 새기며 그저 달리고 또 달릴 뿐이다.

＊　　　　＊　　　　＊

"이번 맹주령은 석연치 않은 점이 많습니다."

당천호의 말에 청연 신니와 파진 진인의 얼굴이 당황으로 물들었다. 사천당가의 대총관이니 세가 내에서의 지위야 말할 수 없이 높겠지만 당가의 밖에서는 그 이야기가 달랐다.

사천땅에서 이름 높은 고수인 청연 신니와 파진 진인이 사천만 벗어나도 그들은 중원 변방의 고수로 취급받는다. 중원에 위치한 구파와 비교했을 때 한 단계 낮게 취급한다는 말이다.

그러니 당천호의 호기롭고 오만한 발언에 두 사람이 놀라지 않을 턱이 없었다. 게다가 맹주령은 현 맹회의 회주인 무당의 검선이 내린 명이 아닌가.

"당 공자의 그 발언은 상당히 위험하군요. 대체 무슨 뜻이죠?"

청연 신니가 답을 요구하자 당천호는 재미있는 장난감을 발견한 아이처럼 웃었다. 그 웃음이 너무 천진난만해서 오십이 넘도록 수행한 청연 신니도 따라서 웃음을 짓게 만들었다. 그녀는 자신의 실책을 깨닫곤 얼굴을 굳혔다.

"말 그대롭니다. 이번 맹주령은 이상해요. 마도의 척결이야 맹회가 내세우는 가장 중요한 가치이니 마다할 이유가 없겠지만 왜 하필 지금이냐는 겁니다."

청연 신니와 파진 진인이 동시에 고개를 끄덕였다. 그들도 이상하게 생각한 점이 이것이다. 맹회는 지난 수년간 마도십천을 향해 별다른 제재를 가하지 않았다. 그들의 무력이 강대하다고는 하나 한 손으로 열 손을 막아낼 수는 없는 법이다.

맹회가 하고자 했다면 반드시 그렇게 된다. 그건 어린아이도 아는 주지의 사실이다. 그런데 왜 하필 지금 칼을 빼 들었을까. 당천호는 청연 신니와 파진 진인의 그런 의문을 말끔하게 해소했다.

"맹주이신 검선의 신변에 문제가 생긴 것 같더군요. 제자의 문제로 골머리를 썩는 것 같더니, 그 제자 때문에 큰 곤욕을 치르신 것 같더이다."

파진 진인은 고개를 끄덕였다.

"검선의 제자라면 내 잘 알고 있지. 내 오래전부터 종남의 광무진인과 친분을 이어가고 있었는데 몇 년 전이던가. 그가 이상한 이야기를 하더군. 검선의 제자에 관한 것이었네만……."

청연 신니가 궁금하다는 듯 파진 진인을 재촉했다.

"그런데요?"

"그 제자라는 자. 상당히 기이하다더군. 도인 같지 않은 도인이랄까. 언행이 파격적인 것은 물론이고 복색도 무당의 태극도복이 아닌 역천의 태극을 새기고 다닌다더군. 그리고 광무진인이 언뜻 본 것이라 정확한 것은 아니네만… 그 무력이 그때 당시에도 검선을 넘어섰다고 느꼈다 하네."

"검선 선배를요?"

청연 신니가 해연히 놀라 경호성을 내지르자 옆에서 묵묵히 듣고 있던 당천호가 다시 입을 열었다.

"맞습니다. 그자는 특이한 자입니다. 무당의 숨은 칼날, 흑무(黑武)라고 하지요. 검선은 그자로 인해 곤란한 일을 겪었습니다. 다들 쉬쉬하지만 세가에 속한 사람이라면 모두가 아는 일입니다."

"세가의 비밀이라. 그런 것을 이 공적인 자리에서 끄집어내어도 괜찮겠는가?"

"두 분께서 입단속만 해주신다면야 말 못 할 일도 아니지요."

청연 신니와 파진 진인은 서로 눈빛을 주고받았다. 그 모습이 어설픈 경극 배우가 신호를 주고받는 것처럼 보여서 당천호는 속으로 그들을 비웃었다. 이처럼 공적인 자리에 속임수라고는 쓸 줄도 모르는 얼간이 둘을 앉혀놓은 것 같았다.

그 둘의 눈빛이 동의를 구하자 파진 진인이 입을 열었다.

"좋네. 비밀을 지킬 것을 청성의 이름과 명예를 걸고 약속하지. 이는 아미의 청연 신니도 동의할 것이네."

"물론이에요. 저도 아미의 명예를 걸고 비밀을 지키겠어요."

"좋습니다. 그럼 말씀드리지요."

당천호의 이야기가 시작되었다.

무당의 흑무 청인진인은 검선이 거둔 마인의 자식으로 무당에서 자라며 무당의 무공을 섭렵했다. 그 속도가 경이적이어서 다음 대 무당 제일의 고수는 청인자라는 말이 공공연하게 나돌 정도로 그의 무재는 특출했다고 한다.

시간이 흐르고 그가 스스로 사고하고 답을 구할 수 있게 되자, 그는 자신의 출신 내력을 캐고 다녔다. 속세와 연을 끊고 수행에 전념하는 도인들이라지만 아직 어린 나이였던 청인은 못내 그 궁금증을 참지 못했던 모양이었다.

끝끝내 청인은 그 답을 스스로 찾아냈고 폭주한 그를 검선이 막아섰다. 그리고 그 둘의 사이는 견원지간보다 더 나빠졌다. 자신의 부모를 죽인 검선을 더 이상 보기 힘들어서였을까, 청인은 강호를 떠돌았다.

그의 기행은 생각보다 오래갔다. 중원을 떠돌며 친 사고를 검선이 무당의 힘을 동원해 수습했다. 무당의 명예도 명예이지만, 검선은 그것보다 제자 청인의 안위가 더 걱정이었다. 검선에게 청인은 아픈 손가락이었다.

세월이 흐르고 흘러 그가 돌아왔을 때, 검선은 따뜻하게 그를 안아주며 지난 세월의 묵은 빚을 다 털어버렸다고 한다.

당천호가 이야기를 이어나가는 도중 파진 진인이 당천호의 말을 끊었다.

"그의 출신 내력 따위는 관심이 없네. 우리는 지금 왜 맹주령이 발동되었는지가 궁금한 것이지."

"이제부터가 시작입니다. 조금만 참으시지요."

파진 진인이 눈을 감고 고개를 끄덕였다. 왠지 맹회의 치부를 보는 듯한 느낌에 마음이 불편했다.

"계속하게."

문제는 맹회가 발동되면서 시작되었다.

청인이 검선을 따라 맹회로 외유를 나간 그날, 하필이면 청인은 그가 지난 세월 빚은 구원과 만나고 말았다. 평소라면 무당의 이름으로 어떻게든 수습을 했겠지만, 상대가 좋지 않았다.

청인의 묵은 빚은 중원제일검가(中原第一劍家)라 불리는 남궁세가였던 것이다.

"그래서 검선이 그 제자가 진 빚을 갚으려 맹회를 돌보지 않았다는 말인가?"

파진 진인의 물음에 당천호가 재미있다는 듯 웃으며 답했다.

"물론, 그것은 아닙니다. 검선의 행보야말로 맹회를 단단하게 만드는 일이었죠. 그 남궁세가입니다. 검선께서는 구파와 세가의 분열을 그저 두고 볼 수 없었습니다. 그 자리에서 제자를 꾸짖고 청인을 옥에 가두었죠."

"그럼 그것으로 일단락된 일 아닌가요?"

청연 신니가 물었다.

"그런 것이 아닙니다. 남궁가의 빚은 그것으로 갚기에 상당히 부족했죠. 남궁가주의 차남 남궁호원이 청인에게 맞아 폐인이 되었던 모양입니다. 남궁가가 들고 일어서자 청인에게 당했던 온갖 방파들이 들고 일어섰습니다. 그리고 청인의 무공을 폐하라 요구했죠. 허나 검선은 그것을 받아들이지 않았습니다. 그럴 만도 했지요. 무당에 입장에서 그의 무공은 이미 검선을 넘어섰다 평가되니 그런 쓸 만한 칼을 잃을 순 없지 않겠습니까? 지금까지 검선은 그 상황을 수습한 겁니다."

"그래, 일단은 그렇다고 치세. 그것이 이번 회합과 무슨 연관이 있단 말인가?"

"아주 큰 연관이 있지요. 두 분께 묻겠습니다. 맹회의 존재 목적이 대체 무엇입니까?"

청연 신니가 답했다.

"그거야 마도의 척결과 강호의 안정 아니겠어요?"

"바로 그겁니다. 검선은 어찌 보면 지금까지 사리사욕을 채운 것과 다르지 않습니다. 제자를 위해 강호의 안녕을 저버렸다는 겁니다. 그러니 우리가 해야 할 일이 무엇이겠습니까."

"회주를 바꾼다……."

파진 진인의 나지막한 읊조림에 청연 신니가 그대로 눈을 감아버렸다. 검선은 오랜 시간 강호를 위해 헌신한 무인이다. 이번 일로 회주를 갈아치우기에는 그동안 검선이 강호를 위해 희생한 것이 너무 많았다.

게다가 대대로 구파의 이름 높은 무인이 회주를 맡아 왔고 죽음에 이르러서야 회주가 교체되어 왔기에 당천호의 말은 쉽사리 받아들일 수 없었다.

"그 말은 곧 당가주의 뜻과 다르지 않다고 봐도 무방하겠지?"

파진 진인의 분노가 서린 음성에 당천호는 고개를 숙였다.

"가주의 뜻이 곧 제 뜻입니다. 그러니 제가 이렇게 두 분을 모시고 있지 않겠습니까."

"으음……."

당가주의 제안은 간단했다.

회주에게 책임을 물어 회주를 갈아치운다. 그렇게 되면 이번 맹주령은 무용지물이 된다. 그리고 바뀐 회주가 다시 맹주령을 발동하면 마도십천을 토벌한 공로를 새로운 회주가 모조리 가져갈 수 있는 것이다.

허나 아직 한 가지 의문이 남았다.

이번 일로 당가가 얻는 것이 무엇인지가 관건이다. 회주를 바꿔도 다시 구파에서 그 자리를 차지한다면 당가가 얻는 이득은 전무하다. 그는 왜 굳이 이런 선택을 했을까.

"당가의 뜻은 확고합니다. 이미 세가에 연통을 모두 돌렸지요. 구파의 몇 분만 동의해 주시면 회주는 바뀝니다. 그리고 거기에 동조한 자들은 막대한 이득을 얻게 되겠지요."

'아니다. 이건 눈가림이야. 생각해라, 파진.'

파진 진인은 당천호의 재촉에 눈을 감아버렸다. 생각을 정리하기 위해서다. 당천호도 그런 파진 진인을 보며 자리에서 일어났다. 아미와 청성. 둘이 생각을 정리하라는 뜻에서였다.

"생각할 시간을 좀 드리겠습니다. 부디 저희와 뜻을 함께하시길."

당천호가 자리에서 일어나자 청연 신니가 막혔던 말문을 열었다.

"엄청 큰 판을 준비했군요, 당가가."

"그렇소이다. 이번 일로 당가가 얻을 이득이 있겠소?"

"아까 당 공자가 말했잖아요. 새로운 회주에게서 이권을 받아내겠다고. 그것을 노리는 것이 아닐까요?"

"신니는 아직도 순진하시구려. 세가는 절대 손해 보는 짓을 하지 않소이다. 지금까지 맹회는 허울뿐이었소. 맹주령이 발동되면서 목에 족쇄를 채운 것이오. 세가가 그것을 원할 리 없소이다. 게다가 이권을 원했다면 이리 쉽게 우리에게 털어놓지 않았을 거요. 회주를 바꾸는 것은 상당히 큰일이니."

"그럼 대체 무엇을 노리는 것일까요?"

청연 신니는 전혀 도움이 안됐다. 파진 진인은 계속해서 고심에 고심을 거듭했다.

'당가가 얻는 이득이 무엇인가.'

허나 그 답은 쉽게 나오질 않았다.

당천호는 문밖에 조용히 서서 그 둘의 대화를 들었다.

"아무리 머리를 짜내봐야 생각의 틀을 바꾸지 않으면 답은 나오지 않을 것이오. 더 고민해 보시길."

당천호와 당가의 가주 당자홍이 생각한 이득. 그것은 한낱 이권 따위가 아니었다. 판을 새로 짜는 것. 그것이 당가가 노리는 것이었다.

판을 새로 짜기 위해선 판 위에서 노는 말들을 모조리 갈아치워야 한다. 맹주는 그중에서 가장 중요한 말이다. 저들은 아집에 사로잡혀 가장 중요한 것을 잊고 있다.

바로 새로운 맹주가 누가 될 것인가가 그것이다. 청성과 아미는 당연히 구파의 인물 중 하나가 새로운 회주가 될 것이라 예상할 것이다. 당천호가 노린 것이 바로 그것이다.

청성과 아미의 연판장을 받고 회주는 알려주지 않는다. 그리고 검선이 회주의 자리에서 내려왔을 때, 그 자리에 앉게 되는 것은……

'팔대세가 중 하나가 되겠지.'

팔대세가 중 하나가 회주가 되면 역사가 바뀐다. 지금껏 맹회가 열리면 당연하다는 듯 구파의 인물들이 수좌를 차지했지만, 한번 깨지기 시작한 관례는 지켜지기가 쉽지 않은 법이다.

당천호가 이 일을 계획한 이유. 그것은 억눌림이었다. 또한 분노였다.

그 또한 팔대세가라는 이름을 달고 남부럽지 않은 삶을 살아왔지만, 언제나 구파의 말석이라는 공동파에게도 눈치를 보아왔다.

심지어 구파의 뒤치다꺼리를 하는 개방에게도 굽실거려야 했다.

당천호는 그 꼴을 보고 싶지 않았다. 그래서 무공을 숨기고 세가의 총관으로 살아왔다.

팔대세가 중 하나를 좌지우지할 수 있다면 그 영향력은 그야말로 막강한 것이니까.

그리고 또 하나의 목적.

'나아가 차기 세가주는 내가 될 것이다.'

그것은 세가주의 자리였다. 멍청한 동생은 그가 무공을 숨긴 채로 세가에 암약한다고 생각하지만 그건 잘못된 생각이다. 그는 시기를 조율하고 있는 것이다. 가주의 자리에 오를 시기를.

그가 가주의 자리에 오르기 위해선 조력자가 필요했다.

당천호는 그 자리로 동생 당천후를 생각했다. 그래도 제법 무공에 재능이 있던 동생은 어떤 임무를 맡겨도 곧잘 해내곤 했다. 그래서 이번 감숙행에도 동행하게 했다.

그것이 당천호가 큰 판을 짜는 이유였다.

'저들도 곧 알게 되겠지. 구파의 시대는 이미 저물어간다는 것을.'

당천호가 잔인한 웃음을 지으며 장내를 벗어났다. 그 미소가 거미가 거미줄에 걸린 먹잇감을 보고 짓는 미소처럼 보였다.

*   *   *

법륜과 여립산은 날이 저물고 굴뚝을 통해 피어오르는 연기가 하나둘 자취를 감추자 마을 안으로 들어섰다. 마의도 잠자리에 들었는지 의방의 부도 모조리 꺼져 있었다.

법륜은 조심스럽게 대문을 열고 들어섰다.

평소에도 틈틈이 잠을 자면서 약을 달이던 가염운이기에

의방엔 약냄새가 진동해야 옳았는데, 아무런 약 향도 나지 않자 이상하다는 생각을 했다.

"사숙. 이상합니다."

"그렇군."

여립산도 금세 법륜이 무슨 의도로 이상하다 했는지 알아챘다. 그는 의방의 문을 벌컥 열고 들어가 침상과 서탁 등을 매만졌다.

'온기가 없다. 적어도 몇 시진은 들어오시지 않았다는 이야기인데.'

"사숙!"

다른 곳을 살펴보러 간 법륜이 큰 소리로 여립산을 불렀다. 여립산은 소리가 난 곳으로 뛰어갔다. 그곳은 평소 가염운이 몸이 불편한 도상촌민들을 위해 침을 놓고 약을 처방하던 곳이었다.

"온기가 전혀 없습니다. 이렇게 집을 비우실 분이 아닌데 어찌 된 일일까요."

여립산은 법륜의 말에 쉽게 답할 수 없었다. 아무 말이나 뱉어놓기엔 그와 법륜이 가염운에게 진 신세가 너무 컸다. 게다가 어찌 된 일인지 모르겠지만 가염운이 평소에 사용하던 침통이나 뜸들이 보이지 않았다.

'왕진을 나가신 겐가. 허나 이 도상촌은 옆집에 수저가 몇

개나 되는지 속속들이 아는 작은 곳이 아닌가. 이렇듯 오랜 시간 자리를 비울 일이 아닌데.'

"확실히 이상하군. 적어도 자리를 비운 지 두 시진은 되어 보이는데, 이곳엔 그 오랜 시간을 비우고 갈 만한 곳이 없어."

"혹여 폭음을 듣고 자리를 피하신 게 아닐까요?"

여립산은 고개를 내저었다. 이치에 맞지 않는 말이다. 그와 법륜이 심각한 표정으로 밖에 나선 지 얼마 안 된 시점에 무슨 일인 줄 알고 자리를 비운단 말인가.

"일단은 주변을 찾아보지. 나는 뒤편 산 쪽으로 가볼 테니 사질은 여기에 남아 흔적을 더 살펴보게. 혹 무슨 일이 있거든 고함이라도 치고."

여립산은 심각한 얼굴로 의방 뒤쪽에 야트막한 산으로 달렸다. 그의 표정에서 그가 얼마나 마의를 걱정하고 있는지 보였다. 법륜 또한 몸을 회복하는 데 큰 신세를 졌으니 갚아야 할 것이 산더미다. 자연히 그의 얼굴도 심각하게 굳어갔다.

'뒷산은 내가 당가의 무인들을 상대한 곳. 혹 그곳으로 간 것은 아니실지.'

정말로 그렇다면 큰일이다. 인체 실험으로 공적이 된 가염운이니 당가의 무인들이 깨어나 그를 납치했다면 그냥 두지는 않을 것이다. 되도록 빨리 찾아야 한다. 법륜은 의방에 남아 흔적을 뒤지기 시작했다.

'가 선배의 침통이 없어. 어딜 가셨든 간에 의술이 필요한 곳으로 가셨다는 뜻이야. 이 근방에서 현재 아프거나 다친 사람은 없다. 그렇다면……!'

법륜이 가염운의 의방을 뛰쳐나왔다. 여립산이 왜 그토록 초조한 얼굴로 급히 의방을 빠져나갔는지 깨달은 것이다.

'당가……!'

법륜이 답을 구하고 의방을 뛰쳐나왔을 그 무렵, 여립산은 산에 올라 전투의 흔적을 쫓고 있었다. 법륜이 꽤 과격하게 십수와 십독을 제압했는지 땅 곳곳이 패고, 거대한 나무가 부러진 곳이 보였다.

'여기다. 여기서 끊겼어.'

여립산의 감각도 사이로 묘한 약 향이 스며들었다. 오감 중 후각을 증폭시키자 가염운이 평소에 사용하던 약 향이 고스란히 느껴졌다.

여립산은 여러 명의 사람이 일렬로 드러누운 모습을 상상했다. 땅에 손을 가져다 대자 미약한 온기가 느껴졌다. 감각도로 촉각을 증폭하지 않았다면 느끼지 못했을 정도다.

'조금 전까지만 해도 여기에 모조리 누워 있었다. 시간은 대략 한 시진에서 한 시진 반. 그사이에 사라졌다.'

여립산은 계속해서 흔적을 훑었다. 제대로 된 추종술을 배운 적은 없지만 감각도의 오감이 적을 추적하는 데 상당한 도움을 주고 있었다.

'여기에서 흩어졌다. 스무 명이 다섯 갈래로 흩어졌어. 좋지 않은데.'

스무 명의 사람이 다섯 갈래로 흩어져서 도주한다? 추격하는 자의 이목을 흐리기 위해 분산된 것이다. 불행 중 다행인 것은 그 흔적을 살펴보니 숫자가 스무 명이 되지 않는다. 아직 몇 명은 제대로 몸을 가누지 못하는 상태라는 뜻이다.

'아직 가능성은 있다.'

부상자를 동반해 움직인다면 속도가 늦어지게 마련이다. 법륜이 호되게 손을 쓴 것이 천만다행이었다. 그렇지 않았다면 그 속도는 더 빨랐을 테고, 여립산이 그 흔적을 쫓기도 전에 지우고 도주했을 테니까.

"사숙!"

그때 뒤에서 법륜의 목소리가 들려왔다. 여립산이 성큼성큼 걸음을 옮겼다. 법륜은 멀지 않은 곳에서 나무를 바라보고 서 있었다.

"여기 이상한 표식이 있습니다. 무슨 말인지 읽을 수가 없습니다."

"음……."

여립산이 침통한 표정을 지었다. 분명 당가십수와 십독이 드러누워 있던 흔적을 확인했다. 쓰러져 있던 자들이 한가하게 비문이나 남기고 있을 수는 없다.

'그렇다면 제삼자가 이곳에 있었다는 말인데…….'

그렇다면 답은 뻔했다.

이곳에 올만한 사람은 단 한 사람뿐이다. 여립산이 호의를 보여 놓아준 사람. 당가의 독룡 당천후.

"독룡……!"

여립산이 이를 갈았다. 당가십수와 십독은 깨어나 저 비문을 발견하고 산개해 도주하는 중일 것이 분명했다. 자신의 호의가 가염운에게 불행으로 닥쳐왔다는 것에 여립산은 분노했다.

"사질. 내가 실수했네. 독룡을 그대로 놓아주는 것이 아니었어."

"독룡이라면 아까 보았던 그자 말씀이십니까?"

여립산이 침통한 얼굴로 고개를 끄덕였다.

"그렇다네. 가 선배는 침통을 들고 나가셨어. 쓰러진 당가의 무인들에게 호의를 베풀었다는 말일세. 그런데 당천후 그놈은 그 호의를 제 발로 차버렸네!"

"그 말씀은 독룡이라는 자가 가 선배를 납치했다는 말이군요."

"그래. 독룡이 가 선배를 납치해 도주한 후, 흔적을 지우기 위해 당가의 무인들이 다섯 갈래로 흩어져 도주했네. 경우의 수가 너무 많아졌어."

법륜이 의아하다는 듯 물었다.

"독룡을 쫓으면 되는 일 아닙니까?"

"그리 간단한 문제가 아닐세. 저들이 어떤 경로로 나아가는
지 알아야 해. 또 중간에 독룡이 가 선배를 다른 당가의 무인
에게 넘기고 도주했을 수도 있다네. 그러자면 저들 모두를 잡
아야 하는데, 그러다 가 선배가 당가의 손아귀에라도 넘어가
면……."

여립산은 뒷말을 잇지 못했다. 그로서도 가염운이 어떤 결
과를 맞을지 차마 상상할 수 없었던 탓이다. 아마 생각하는
것만큼 좋은 결과는 아니리라.

"그럼 이렇게 지체할 시간이 없겠군요."

"그래, 일단 죽이 되든 밥이 되든 쫓아야겠어. 사질은 달릴
수 있겠나? 그 다리, 상처가 생각보다 깊은 것 같은데."

"참고 달릴 만합니다. 태허 진인이 주고 간 금창약이 생각보
다 효과가 좋더군요."

"다행이군. 일단은 속도를 조절하면서 쫓아가세. 저들도 부
상자가 많은 탓에 그리 멀리 가지는 못했을 게야."

법륜이 고개를 끄덕이자마자 여립산이 산길에 남겨진 흔적
을 읽기 시작했다.

감각도가 요긴하게 사용됐다. 추종술 하나 모르는 여립산

이 하나하나 흔적을 발견해 나가자, 법륜은 그 뒤를 조심스럽게 뒤따랐다. 여립산이 추적에 열을 올리고 있으니 혹시 모를 당가의 암수에 대비하기 위함이다.

법륜은 여립산의 뒤에서 조심스럽게 걸음을 옮기며 생각했다.

'다리부터 회복시켜야 해. 정작 중요한 때에 나 때문에 속도가 늦어지면 안 되니까.'

법륜이 금강령주를 일깨워 다리의 상처 쪽으로 진기를 흘려보냈다. 상상이 가능한 모든 일을 이루게 해주는 힘. 그것이 진기다. 법륜은 그 일에 상처의 치유도 포함되어 있다고 믿었다. 그것은 일종의 복체진기(復體眞氣)였다.

'다리로 가. 내 다리를 치료해 줘. 아물어라.'

법륜의 믿음 어린 기원에 진기가 화답했다. 스멀스멀 다리의 상처로 흘러들어 간 진기가 허벅지에 난 자상을 회복시키기 시작했다. 눈에 띄게 상처가 수복되지는 않았지만 상처 부위가 시원해지면서 가려워지기 시작했다. 상처가 아물기 시작했다는 증거였다.

'좋아. 이대로 계속 회복한다. 그러면 충분히 쫓아갈 수 있어.'

그렇게 한참을 헤치고 앞으로 나아가던 법륜과 여립산은 망연자실한 표정을 지었다. 그들의 눈앞에 있는 것. 그것은 다름 아닌 시신(屍身)이었다. 시신은 죽음에 이른 지 얼마 되지 않은 것처럼 아직 생생했다.

그러곤 여립산의 경악 어린 말이 튀어나왔다.

"독룡 당천후……!"

이상한 일이다. 독룡이 이번 일을 주도해 도주했다면 그가 여기에 있으면 안 되는 일이다. 게다가 이렇게 시신으로 존재해서는 안 된다.

대체 누가 이런 악독한 일을 벌였단 말인가.

"사숙… 이자가 정녕 당천후라는 자가 맞습니까?"

"…맞다. 그가 맞아."

여립산은 당천후의 시신 앞으로 다가섰다. 가슴에 난 상흔이 자신의 어깨 모양과 일치했다. 자신이 법륜을 따라한다며 어깨치기로 그의 가슴팍을 부숴놓지 않았던가.

"갈비뼈가 나갔군요. 이건 사숙이 하신 겁니까?"

"그래, 도를 쓰기 좀 그래서 자네를 따라 해봤지. 이건 직접적인 사인이 아니야. 진짜 사인은 따로 있네. 여기를 보게."

여립산이 당천후의 복부를 들춰냈다. 당천후의 배는 예리한 칼날로 베어낸 듯 자상이 나 있었고, 그 안의 장기는 모조리 익어 있었다.

"엄청난 열양공이군요. 이런 무공을 구사하는 자가 감숙 땅에 있었답니까?"

"그건 알 수 없지. 자네와 나만 해도 하남과 섬서를 벗어나 이곳에 있지 않은가."

"그도 그렇군요. 그러면 이건 대체 누구의 짓일까요. 강호에 이 정도의 열양공을 구사하는 곳은 많지 않은데……."

"굳이 꼽자면 구양세가와 남해태양궁(南海太陽宮) 정도겠지. 허나 구양세가와는 분명 안면이 있을 테니, 그쪽은 아닐 테고."

법륜이 여립산에게 궁금하다는 듯 재차 물었다.

"구양세가가 아니라는 보장이 있습니까?"

"물론. 이자의 얼굴을 보게. 얼굴에 경악스러운 표정과 함께 의문이 담겨 있어. 거기에 독룡 정도의 절정고수를 잡으려면 구양세가에서도 상당한 놈이 나서야 했을 터. 그 정도면 분명 구양세가에서도 이름 깨나 날리는 무인일 테니 독룡과 안면이 있을 가능성이 높다. 헌데 이 표정엔 그런 감정이 담겨 있질 않아. 친밀감, 반가움, 익숙함 같은 것들 말일세."

"그 말은……."

"그래, 처음 보는 자라는 뜻일세. 헌데 그것도 이상하군. 남해태양궁이 이 먼 감숙 땅까지 올라와 이 산중에서 우연히 독룡을 마주쳐 그를 격살했다? 우연치고는 너무 지나치지 않은가."

그 말에 법륜도 동의했다.

"맞습니다. 태양궁이 벌인 소행은 아닐 겁니다. 그보다… 조금 이상한 점이 있군요."

법륜이 당천후의 시신 앞으로 바짝 다가섰다. 법륜은 두 눈에 진기를 집중해 당천후를 죽음에 이르게 한 상처를 살폈다. 그런 그의 두 눈에 이상한 점이 보였다.

"어……?"

법륜이 당황한 듯 뒤로 물러나 허공에 손을 휘젓기 시작했다. 허공에 새겨진 손짓은 육도지옥수의 움직임이었다. 여립산은 갑자기 놀란 표정으로 허공에 무공을 난사하는 법륜을 보며 이상하다는 듯 고개를 갸웃거렸다.

이 급박한 와중에 대체 무슨 생각을 하는 것인지 도무지 알 수 없었다.

"이보게, 사질! 대체 무슨 짓인가!"

법륜은 여립산의 호통에도 아랑곳하지 않았다. 계속해서 육도지옥수를 펼치며 그 움직임을 쫓아갔다. 법륜은 반각이나 되는 시간 동안 허공에 무공을 펼친 뒤에야 손을 내렸다.

"이거… 여기에 남은 상흔… 제 무공입니다. 육도지옥수예요."

"자네는 줄곧 나와 함께 있었는데 어찌 자네의 무공이 이 시신에 남아……."

법륜이 여립산의 호통을 무시한 채 주변에 있는 나무로 다가섰다. 법륜은 내력을 최저로 낮춘 채 육도지옥수를 나무에 먹이자 나무에 깊은 상흔이 났다. 그 모습을 보고 법륜을 향해 일갈을 터뜨리려던 여립산이 멈칫했다.

"같아……? 이게 대체 어찌 된 일이지?"

여립산이 말도 안 된다는 듯 법륜이 나무에 낸 상흔과 당천후의 시신에 남은 상처를 번갈아가며 쳐다봤다. 법륜도 그저 알 수 없다는 얼굴로 곤란한 표정을 지었다.

'아냐, 비슷하지만 똑같지는 않다. 미묘하게 달라.'

낭아감각도로 오감 중 시각을 최대로 증폭하자 미묘한 차이가 보였다. 법륜이 나무에 새긴 상처는 고르다. 힘의 배분이 완벽하다는 뜻이다. 헌데 당천후의 시신에 남은 상처는 달랐다.

날카로움은 제대로 흉내 낸 것 같았지만 흔적이 깔끔하지 못했다. 내력을 배분하는 과정에서 흐름이 흔들렸다는 뜻이다.

"자네의 무공. 펼칠 수 있는 자가 또 있나?"

여립산의 물음에 법륜이 고개를 저었다. 육도지옥수는 소림의 무공이 모태가 된다. 이 흔적을 따라할 수는 있어도 열양공으로 내부를 태운 것처럼 익힐 수는 없다.

"없습니다. 이 무공은 저만의 무공입니다. 다른 누군가에게 전수한 적이 없습니다."

"그렇다면 더 이상한 일일세. 대체 누가… 자네의 무공을 따라할 수 있단 말인가?"

법륜은 그 말을 듣자마자 정신이 아득해졌다. 그것은 불가능한 일이다. 있어서도 안 될 일이다.

"사숙… 죽은 자가 지옥에서 돌아오는 일은 없겠지요?"

"대체 무슨 말을 하고 싶은 것인가."

"아닙니다. 그럴 리 없을 겁니다."

법륜은 심각한 표정으로 고개를 저었다.

'그럴 수 없다. 숨이 끊어진 것을 내 직접 확인하지 않았던가. 게다가 구양세가가 나서서 대대적인 복수까지 한 시점이다. 그가 살아 있었다면 그들이 그렇게 나설 리가 없어.'

모든 것이 의문투성이다.

가염운을 납치해 도주하던 당천후가 어찌하여 이 이름 모를 산중에 자신의 무공으로 격살을 당했으며, 또 납치해 간 가염운은 어떻게 되었는지 아무것도 알 수가 없었다.

"일단은 당가십수와 당가십독을 찾는 것이 빠르겠군."

여립산이 침통한 목소리로 말하자 법륜이 고개를 흔들었다.

"아닙니다. 가장 가까운 마을 중에 하오문의 지부가 있는 곳으로 가야겠습니다."

"짐작이 가는 것이라도 있는가?"

여립산이 물었지만 법륜은 답하지 않았다. 아직은 그저 심중뿐이다. 법륜은 여립산에게 확답을 해줄 수가 없었다.

"아직은… 확인이 필요합니다."

법륜과 여립산의 실랑이가 한참이던 그때, 그 둘을 지켜보는 한 쌍의 눈이 있었다. 두 눈에는 귀화(鬼火)가 가득 담겨 있었다. 그는 일 년이 넘는 시간 동안 저 남자를 찾아 헤매었다.

'지금은 시작일 뿐이야. 앞으로 더 처절한 지옥을 맛보여 주마.'

남자는 옆에 쓰러진 노인을 등에 업었다. 이자를 쫓아 두 사람이 함께 온 것을 보니 중요한 사람인 것 같았다. 이자도 목숨을 붙여놓으면 두고두고 쓸 일이 많을 것이다.

"일단… 저놈을 곤경에 좀 빠뜨려 볼까?"

남자의 분노 가득한 음성이 폐부에 내리깔렸다.

*   *   *

"자네의 제안, 그러니까 당가주의 제안, 받아들이겠네."

파진 진인은 무거운 목소리로 당천호에게 통보했다. 당천호는 그런 파진 진인과 청연 신니의 대답이 기꺼운 듯 큰 소리로 말했다.

"잘 생각하셨습니다. 아미와 청성은 두 분의 결단으로 새로운 국면을 맞을 겁니다. 정말 잘 생각하셨습니다."

당천호의 시원시원한 대답에 파진 진인과 청연 신니는 마음속에 남아 있던 부담감이 조금은 씻겨 내려가는 것 같았다. 두 사람 모두 각 파에서 엄청난 결정 권한을 가지고 있긴 하지만 독단으로 일을 처리할 수 있는 위치에는 이르지 못했다.

허나 장문인을 대리해 이 자리에 선 만큼, 많은 결정권한을 부여받았을 것이다. 아마 저들 나름대로 회주를 갈아 치우는 것이 자신들에게 더 큰 이득을 가져다줄 것이라 생각했기에 내린 결정일 것이다.

그런 그들이 확고한 답을 했으니 이번 일이 당천호의 뜻대로 흘러가는 것은 시간문제이리라.

"좋습니다. 오늘은 아주 뜻깊은 날이니 이 당 모가 두 분의 대접에 섭섭지 않도록 준비하겠습니다. 밖에 있느냐!"

"예, 총관."

"어서 상을 대령하라. 두 분은 마음껏 즐겨주시기 바랍니다. 각파의 계율에 맞게 준비했으니 식사하시는 데 불편한 점은 없을 겁니다, 하하."

"허허, 이 파진이 당 총관으로부터 이런 대접을 다 받아보는군. 좋네, 오늘은 좀 즐겨보도록 하지."

"고마워요, 당 총관. 오늘 대접은 이 신니가 나중에 꼭 보답하겠어요."

두 사람이 만족스러운 웃음을 짓자 당천호는 한차례 인사치레를 나누곤 밖으로 나섰다. 그런 그의 눈빛과 표정은 두 사람을 대할 때와는 달리 싸늘하게 식어 있었다.

[구회. 가주께 일이 성사되었다고 전해라.]

당천호가 전음을 날리자 곧바로 답이 날아왔다.

[알겠습니다, 총관. 그리 전하지요.]

가주의 명을 받아 세가의 총관인 당천호의 호위를 맡은 구회가 당천호에게서 떨어졌다. 당천호는 멀어져 가는 구회를 멀찍이서 바라보았다.

'네놈이 아무리 용을 써도 이제 내 손을 벗어날 수는 없을 것이다. 당가는 곧 내 손에 떨어진다.'

당천호는 천천히 걸음을 옮겼다.

현재도 당가의 대총관으로서 무소불위의 권력을 행사하고 있지만 그것은 호가호위나 다름없다. 그는 진짜가 좋았다. 탐욕스러운 뱀이 단번에 먹이를 삼키듯 당가 그 자체를 씹어 삼킬 준비가 되었다.

"그나저나, 천후 이 못난 놈은 왜 이리 늦는 것인지 모르겠군."

그는 당천후를 매우 좋아했다. 그것은 비단 당천후가 그의 동생이기 때문만이 아니다. 당천호는 포식자였고 당천후는 피식자였다. 그가 명하면 당천후는 벌벌 떨면서 그 명을 수행한다. 그 사실이 당천호에게는 그 어떤 것보다 짜릿한 쾌감으로 다가왔다.

세가도 마찬가지. 그가 이렇게 세가를 손에 넣기 위해 고군분투하는 것도 오로지 자신의 만족감과 욕망 때문이다.

"이제 멀지 않았어."

당천호의 결연한 눈빛이 빛나는 밤이었다.

*　　　*　　　*

법륜과 여립산은 근방에서 가장 큰 마을로 들어섰다. 더 가까운 마을도 상당수 있었지만 하오문의 지부가 있을 법한 곳은 이곳뿐이었다. 법륜과 여립산은 다짜고짜 기루가 있는 곳으로 직행했다.

중년인과 승려, 기루에 드나들기에는 참으로 이상한 조합이다. 허나 그들은 그런 겉모습을 따질 겨를이 없었다. 그들이 선택한 방법은 직진이었다. 하오문에 정식으로 접촉하는 암어를 모르기에 선택한 방법이다.

여립산이 기루에 들어서자마자 크게 소리쳤다.

"지부장!"

곳곳에서 술을 마시던 사람들의 시선이 꽂혀들었다. 개중에는 호기심 어린 시선도, 불쾌하다는 시선도 있었다. 여립산은 감각도로 사람들이 내던지는 감정의 편린을 놓치지 않았다.

그가 성큼성큼 다가간 곳에는 몸이 비대한 붉은 화복을 입은 중년인이 자리에 앉아 있었다. 그의 얼굴은 앞서 보였던 호기심 어린 표정도, 불쾌하다는 표정도 아니었다. 그의 표정에서 드러난 감정은 긴장이었다.

하오문도가 아니라면 지부장이라는 말에 그리 굳어 있지는 않을 게다. 여립산은 비대한 중년인을 내려다보며 중얼거렸다.

"찾았다, 하오문."

"무슨……! 무슨 말도 안 되는 소리를 하시오!"

비대한 중년인이 거듭 부정했지만 그 모습이 오히려 사람들의 이목을 더 집중시켰다. 강한 부정은 긍정이라지 않은가. 그의 강력한 부정은 그가 하오문도라는 것을 실토하는 것이나 다름없었다.

"사질, 이자가 하오문도야. 이리로 오게."

그 말에 법륜이 비대한 체구의 중년인 곁으로 다가섰다. 법륜의 얼굴은 여전히 심각했다. '그'가 살아 있을지도 모른다는 생각에 마음이 무거웠다.

'그는 살아 있어서는 안 되는 마물이다. 그에 대한 정보를

얻어야 해. 더불어 가 선배에 대한 것도.'

법륜은 장대한 체구의 중년인을 내려다보며 물었다.

"이름."

"에… 예?"

"이름이 뭡니까?"

"어… 장소평입니다만……? 어찌 제 이름을 물으십니까?"

"당신이 하는 대답 여하에 따라서 많은 것이 바뀔 테니까요. 이름을 왜 물어보는지 물었지요? 허튼소리를 하면 끝까지 찾아가서 따지려고 물었습니다. 그러니 아는 대로 대답하는 것이 신상에 좋을 것이오."

『불영야차』 4권에 계속…

초대형 24시 만화방

신간 100%, 샤워실, 흡연실, 수면실(침대석), 커플석, 세탁기 완비

■ 광명 광명사거리역점 ■

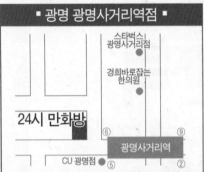

경기도 광명시 오리로 986 광명사거리역 6번 출구 앞 5층
02) 2625-9940 (솔목타워 5층)

■ 강북 노원역점 ■

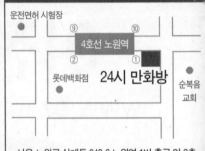

서울 노원구 상계동 340-6 노원역 1번 출구 앞 3층
02) 951-8324 (화용빌딩 3층)

■ 일산 정발산역점 ■

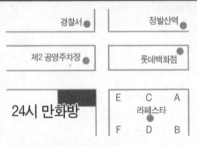

라페스타 E동 건너편 먹자골목 내 객잔건물 5층
031) 914-1957

■ 일산 화정역점 ■

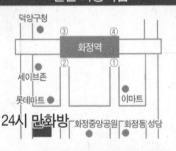

경기도 고양시 덕양구 화정동 984번지 서일빌딩 7층
031) 979-4874 (서일사우나 건물 7층)

■ 부천 역곡역점 ■

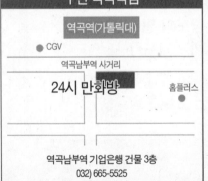

역곡남부역 기업은행 건물 3층
032) 665-5525

■ 부평역점 ■

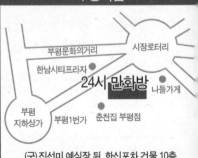

(구) 진선미 예식장 뒤 한신포차 건물 10층
032) 522-2871

한시랑 장편소설

FUSION
FANTASTIC
STORY

헬리오스 나인

고대에 미드가르드라 불리던 세 번째 행성.
그 세계는 죽음의 섬광으로 모든 것이 무너져 내렸다.

그리고 100년 후.

중국 무술의 최고봉에게 권술을 사사하고,
최고의 능력으로 괴수를 섬멸하는 자가 나타났다!

이능력자보다 더 이능력자 같은
권산의 레이드 일대기가 지금부터 시작된다!

Book Publishing CHUNGEORAM

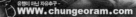

유행이 아닌 자유추구 -
WWW.chungeoram.com

기적의 환생

MIRACLE LIFE

박선우 장편소설

FUSION FANTASTIC STORY

"한 사람의 영웅은 국가를 발전시키기도,
타락시키기도 한다."

믿었던 가족들의 배신으로 모든 것을 잃은 최강철.
삶의 의미를 잃은 그는 결국 죽음을 선택하는데⋯⋯.

삶의 끝자락에서 만난 악마 루시퍼!
그와의 거래로 기억을 가진 채 고등학생 시절로 되돌아간다.

**다시 얻은 삶.
나는 이전의 비참했던 삶을 뒤로하고 황제가 되어
세상을 질주할 것이다!**

Book Publishing CHUNGEORAM

침략자 장편소설

FUSION FANTASTIC STORY

작가 정규현

출판 작가 정규현
완결 작품 4질, 첫 작품 판매 부수 79권

"작가님, 이건 좀 아닌 것 같습니다."
"대마법사, 레이드 간다! 5권까지만 종이책으로 가고
6권은 전자책으로 가겠습니다."

"15페이지 안에 흥미를 유발하지 못하면 계약은 없습니다."

**언제나 당해왔던 그가 달라졌다?
조기 완결 작가 정규현의 인생 역전기!**

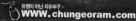

FUSION FANTASTIC STORY

묘재 장편소설

7번째 환생

이 모든 것이 신의 장난은 아닐까.

영원한 안식이 아닌,
환생이라는 저주 아닌 저주 속에서 여섯 번째 삶이 끝났다.

"드디어 내 환생이 끝난 건가?"

그런데 뭔가, 지금까지와 다른데?

"멸망의 인도자 치우, 그대에게 신의 경고를 전하겠어요."

최치우, 새로운 7번째 삶이 시작된다!

Book Publishing CHUNGEORAM

유행이 아닌 자유추구 -
WWW.chungeoram.com